Tessa Hadley

Sonnenstich

Erzählungen

Aus dem Englischen von
Marion Hertle und Thomas Bodmer

Kampa

Die Erzählungen »Sonnenstich«, »Sohn seiner Mutter«,
»Meeresleuchten« und »Eierstein« erschienen
erstmals auf Englisch 2007 im Band *Sunstroke*,
»Eheliche Liebe« 2012 im Band *Married Love,*
»Eine Entführung« 2017 im Band *Bad Dreams.*
Alle Bände erschienen im Verlag Jonathan Cape, London.
»Sonnenstich«, »Eierstein« und »Meeresleuchten«
wurden für diese Ausgabe von Marion Hertle übersetzt,
»Sohn seiner Mutter«, »Eine Entführung« und
»Eheliche Liebe« von Thomas Bodmer.

Für den Blick hinter die Verlagskulissen:
www.kampaverlag.ch/newsletter

Der Kampa Verlag wird in der Schweiz vom Bundesamt für Kultur
mit einem Strukturbeitrag für die Jahre 2021–2024 unterstützt.

Covergestaltung: Lara Flues, Kampa Verlag
Covermotiv: © Jennifer Hohlfelder
Satz: Tristan Walkhoefer, Leipzig
Gesetzt aus der Stempel Garamond LT / 230130
Druck und Bindung: Friedrich Pustet, Regensburg
Auch als E-Book erhältlich
ISBN 978 3 311 10045 4

Inhalt

Sonnenstich

Der Strand liegt nicht direkt am Meer, sondern am Bristol Channel: Wales ist als blaue Hügelkette auf der anderen Seite zu sehen. Die Gemeinde hat Sand ankarren lassen und als Abgrenzung ein kompliziertes und hässliches System aus Deichen und steinernen Wellenbrechern errichtet, damit der Strand mehr wie ein Strand aussieht, aber die Einheimischen sind der Ansicht, dass alles bei der ersten Springflut weggeschwemmt werden wird. Beherzte Kinder waten auf dem weichen braunen Schlamm weit hinaus bis zum lauwarmen Wasser, das kaum die Kraft hat, sich zu einer Art Welle zu erheben. Man kann kaum glauben, dass diese Jungs und Mädchen, die zu Hause Playstations und Internet haben, immer noch Spaß daran finden, mit Krabbennetzen auf die Gezeitentümpel rauszupaddeln, die sich mit der Ebbe gebildet haben. Aber sie tun es, und sie können sich stundenlang darin vertiefen, wie

Kinder es schon seit Jahrzehnten und Generationen machen.

Es ist ein Sommertag mit demselben blauen Himmel und den lustig weiß gebauschten Schäfchenwolken, wie ihn Postkarten zeigen. Die High Street ist mit Fähnchen und Wimpeln festlich geschmückt; die Spielzeugläden haben die Metallkörbe mit Eimern, Schaufeln und Plastikfahnen rausgestellt; die Cafés machen mit dem Nachmittagstee und dem Verkauf von Pommes ein gutes Geschäft. Viele verbringen dieses Jahr ihren Urlaub in Somerset. Mit sonnenverbrannter Haut kaufen sie in Shorts und Sonnenbrille, umgeben von Horden von Kindern, handgemachtes Eis, besuchen die von Liebhabern am Leben erhaltene Dampfeisenbahn, wechseln Zwanzigpfundnoten in Münzgeld und verlieren alles an den Automaten in den Spielhallen. Vor nicht allzu langer Zeit hätte man meinen können, diese alten Seebäder hätten ihre besten Zeiten lange hinter sich, dass sie von all jenen, die ihre Ferien lieber im Ausland verbringen, der älteren Generation überlassen wurden; doch mittlerweile sind manche gar nicht mehr so scharf aufs Fliegen. Diese Touristen gratulieren sich selbst: Bei *dem* Wetter, muss man doch wirklich nicht ins Ausland reisen.

Gegenüber vom Strand befinden sich auf der anderen Straßenseite die Jubilee Gardens (und damit ist Victorias Jubiläum gemeint, nicht das von Queen Elizabeth), wo es ein Putting Green gibt und sogar eine Bühne, auf der heute allerdings niemand spielt. Zwei junge Frauen haben ein chaotisches Familienlager aufgeschlagen aus Taschen, Strickjacken, Plastikwasserflaschen und fallen gelassenen Kindershirts. Sie lagern im fleckigen Halbschatten irgendeines Zierbaums, den keine der beiden zuordnen kann – obwohl sie im Gras auf dem Rücken liegend verträumt zu dem feinen Gitterwerk aus Ästen und Zweigen hinaufgestarrt haben, das im Gegenlicht wie glitzerndes Wasser oszilliert. Die Kinder (beide haben jeweils drei) kreisen immer wieder um ihre Mütter, wollen etwas trinken, wollen Geld, Küsse oder fordern entrüstet Gerechtigkeit. Die Frauen unterbrechen ihr Gespräch kaum, um das zu verteilen, was gerade gebraucht wird, um ihre Portemonnaies zu öffnen und strenge Ultimaten zu verhängen. Sie unterhalten sich, manchmal auch über die Köpfe der Jüngsten hinweg, die, heiß und schwer auf ihrem Schoß zusammengerollt, mit ihren klebrigen Tränen Falten in den Sommerkleidern hinterlassen. Das Baby schläft im Buggy; später liegt es auf einer Decke, blinzelt ebenfalls in den Baum und reagiert mit zuckenden Armen und Beinchen auf die wandernden Muster aus Licht.

Schon an ihrem Erscheinungsbild kann man

leicht erraten, dass diese Frauen und ihre diversen Kinder nicht in einer der Pensionen dieses Ferienortes wohnen, und ganz sicher nicht in einem der luxussanierten Ferienlager an der Küste. Sie sehen nicht wohlhabend aus (die Kleider der Kinder sind secondhand, die Portemonnaies abgewetzt, und die Frauen blicken mit gerunzelter Stirn hinein), aber sie haben etwas Bohemienhaftes an sich, wenn das heute noch etwas zu bedeuten hat. Rachels kurvige Waden und starke nackte Arme sind auf fast herausfordernde Art nicht gebräunt, ihr üppiges tiefdunkles Haar ist zu einem unordentlichen Knoten hochgesteckt. Janie, die die Kunstakademie besucht hat, trägt ein dünnes, kurzes grünes Kleid mit rosa Paisleymuster. Ihr hellbraunes glattes Haar hat sie auf eine Art frisiert, die Rachel gleichzeitig verachtet und bewundert: fransig und schräg, als wäre es aufs Geratewohl geschnitten worden. Beide sind Anfang dreißig, dieses pikante Alter der Veränderung, wenn die äußeren fleischlichen Makel langsam vom Inneren durch Charakter und Erfahrung geglättet werden.

Sie machen einen Tagesausflug in die Stadt. Rachel und ihr Mann Sam besitzen ein Cottage im Landesinneren, in dem sie ihre Ferien verbringen; Janie und ihr Partner Vince sind gerade zu Besuch. Rachel und Janie sind schon seit der Schulzeit beste Freundinnen. Gemeinsam haben sie in Brighton ihren Abschluss gemacht und dort auch zusammengewohnt. Als Rachel wieder nach Bristol zog, wo beide aufgewachsen waren (Sam arbeitete dort für die BBC), suchte sich Janie einen Job in London und blieb. Sie ähneln sich nicht auf den ersten Blick: Rachel ist impulsiv und klingt schnell barsch und laut; Janie dagegen ist eher ironisch und skeptisch. Aber sie erzählen einander alles, oder fast alles. In den langen Monaten zwischen ihren Treffen telefonieren sie stundenlang. Beide haben auch andere Freunde, aber es ist nicht dasselbe: Es gibt niemanden sonst, dem sie ihr Seelenleben mit derselben Freiheit bloßlegen können.

Schon seit dem Aufstehen sprechen die beiden heute intensiv miteinander. Zuerst kam Rachel in Janies Schlafzimmer und setzte sich im Pyjama aufs Bett, während Janie Lulu stillte, dann unterhielten sie sich weiter, als sie die Matratzen der Kinder in Ordnung brachten, die über die gesamte Breite des Dachgeschosses ausgelegt waren. Vor ein paar Stunden hatten sie die Kinder angezogen und waren mit ihnen in die Stadt gefahren; angeblich um ein paar Besorgungen zu machen und die Kinder an die frische Luft zu locken, damit Sam in Ruhe schreiben kann, aber die ganze Zeit über hatten sie sich schon darauf gefreut – auf den faulen, köstlichen, gestohlenen Nachmittag, den sie mit Nichtstun verbrachten, fern von ihren Männern, über die sie unablässig redeten. Sie greifen tief in ihre Portemonnaies, und die Kinder spüren, dass was rauszuschlagen ist. Die älteren Jungs rennen zum Spielzeugladen und kaufen Pistolen für sich selbst und Windräder für die Kleinen.

Wie viele quälende Hausfrauentage haben diese jungen Mütter auf sich genommen, um sich diesen Tag im Sonnenschein, umgeben von ihren schönen herumtobenden Kindern, zu verdienen? Beide gehen einem symbolischen Job außer Haus nach – Janie gibt ein paar Stunden Kunsttherapie für behinderte Kinder, Rachel lektoriert ein wenig – aber im Grunde sind sie seit Jahren halb freiwillig in der warmen Gemüsesuppe der Mutterschaft versunken, wodurch ihr Leben erstaunlicherweise sehr dem ihrer eigenen Mütter dreißig Jahre zuvor gleicht. Wie das passieren konnte, ist ihnen nicht ganz klar; vor der Geburt der Kinder wiesen ihre jeweiligen Beziehungen jedes Zeichen einer modernen Lebensgemeinschaft auf, um die Gleichwertigkeit zweier Karrieren und die geteilte Hausarbeit herumgebaut.

Keine der beiden ist wirklich unglücklich, aber in ihrem Inneren ist ein Gefühl des Ennuis entstanden, eines ungelebten Lebens. Während sie vollauf mit Buggy schieben, Fischstäbchen braten und Popo wischen beschäftigt waren, musste es irgendwo eine andere Welt voller intensiver Erfahrungen für Erwachsene geben. Es fühlt sich an, als wären sie durch ihre ständige Beschäftigung mit infantilen Themen auch selbst wieder zu Kindern geworden; als würde ihr erwachsenes Ich ganz umsonst zu voller Süße reifen – verschwendet. Dieser sinnliche Überschuss ist ihnen fast anzusehen. Er schimmert auf ihrer Haut und in ihren Augen, wie Sahne, die an die Milchoberfläche steigt (obwohl keine von beiden dick ist: Rachel ist groß und muskulös, Janie schlank und jungenhaft, nur ihre Brüste sind wegen des Stillens prall). Auf gewisse Art wissen sie selbst, wie deutlich sie ihre sexuelle Bereitschaft verströmen. Sie wissen, welchen Anblick sie abgeben, wie sie sich hier in ihren Sommerkleidern unter dem Baum rekeln, während ihre Brut um sie herumtollt.

Die Kinder nutzen die Gunst der Stunde und verlangen nach Eis.

»Ach bitte, bitte, Mami, bitte, bitte.«

»Dann sind wir viel länger brav, und du musst dich gar nicht mehr um uns kümmern.«

Die Pistolen, die die Jungs gekauft haben, wurden in Deutschland hergestellt, und auf der grellorange leuchtenden Explosion im Inneren der Verpackung steht auf Englisch *Bang Bang,* aber auch *Toller Knall.* Die Kinder richten die Pistolen gegenseitig auf ihre Köpfe und brüllen »toller Knall, toller Knall« und lachen sich dann schlapp darüber, wie harmlos es klingt.

»Ihr wisst, dass ich das nicht mag«, sagt Rachel. »Ich kann es überhaupt nicht leiden, wenn man Waffen auf Köpfe richtet.«

»Mum, das ist doch nur Plastikspielzeug«, erklärt Joshua geduldig. »Wahrscheinlich ist es gefährlicher, wenn ich ihn mit dem Finger pikse.«

Aber die Jungs lenken in ungetrübter Stimmung ein und zielen mit einem zugekniffenen Auge auf imaginäre Hasen im Gras.

»Sam ermutigt ihn sogar dazu«, flüstert Rachel Janie zu. »Er will, dass Joshua einem Schützenverein betritt. Er kommt mit diesem ganzen Zeug an, von wegen dem Jungen Respekt vor Waffen beibringen.«

»Aber hat er nicht immer gegen den Waffenhandel gewettert?«

»Ach, irgendwann wahrscheinlich schon. Aber ich mach mir weniger Sorgen um seine Prinzipien: Hast du mal gesehen, wie er versucht, ein Regal aufzubauen? Bei Joshua habe ich weniger Bedenken. Sam ist es, den man nicht in die Nähe einer Waffe lassen sollte.«

Janies mittleres Kind Melia (viel schwieriger als die charmanten Jungs) tut so, als täten ihr die armen Häschen leid, und bricht in echte Tränen aus. Rachel fragt sich manchmal, ob Melia mit ein bisschen weniger Verständnis nicht besser klarkommen würde, aber sie schweigt diplomatisch, während Janie tröstet und verhandelt. Rachel hat den Eindruck, dass ihr das Muttersein mehr liegt als Janie; Janie ist verträumter und vermisst das Alleinsein sehr.

»Vielleicht ist Eis doch eine gute Idee«, beschließt Janie.

Die Kinder pflanzen ihre bunten Plastikwindrädchen ins Gras und rennen los, um sich bei dem gelbweiß gestrichenen Café anzustellen. Rachel erzählt Janie von einem Mann, Kieran, einem Freund von Sam aus London, mit dem sich womöglich etwas anbahnt. Janie kennt Kieran auch, aber nicht besonders gut.

»Eigentlich ist es gar nichts. Wahrscheinlich ist es gar nichts«, sagt Rachel. »Du denkst bestimmt, ich bilde mir das alles nur ein. Aber es war schon komisch, dass er letzten Monat eines Abends einfach vor der Tür stand, als er seine Eltern in Bristol besuchte. Er wusste sicher, dass Sam nicht da war. Ich hatte Sukey und Dom gerade in die Wanne gesteckt, trug uralte Klamotten, die Ärmel hochgekrempelt, die Haare nur mit einem Gummi hochgebunden und hatte sie bestimmt seit dem Aufstehen nicht mehr gekämmt.«

»Vielleicht steht er ja drauf«, sagt Janie. »Du kennst das doch, manche Männer fahren so richtig ab auf domestizierte Frauen – nur nicht auf die, mit denen sie zusammenleben, ist ja klar.«

»Joshua hat die Tür aufgemacht, sonst hätte ich gar nicht reagiert. Und dann dachte ich, er würde gleich wieder gehen, weil Sam nicht da war, aber er kam ins Bad und half mir mit den Kindern. Er war richtig nett – wir haben uns wahnsinnig gut verstanden. Während ich ihnen vorgelesen habe, hat er das Bad sauber gemacht – das hab ich erst später bemerkt. Sam würde nie im Leben von allein auf die Idee kommen, das Bad zu putzen. Ich dachte immer, Kieran ist so ein superernsthafter Intellektueller – der immer nur über Habermas oder Adorno oder so reden will. Aber wir haben die ganze Zeit rumgealbert, und dann hat er mir von den Kindern seiner Schwester erzählt. Dom hat uns mit den Badeenten vollgespritzt, wir beide waren danach klatschnass, und ich hab mich die ganze Zeit entschuldigt, aber Kieran hat gesagt, er findet es super. ›Ich find's super‹, hat er gesagt. Und danach hab ich mich gefragt, was er mir damit sagen wollte. Was genau fand er super? Aber vielleicht habe ich's auch nur falsch verstanden.«

Janie denkt, dass Rachel viel zu empfänglich für Männer ist; dass sie die männlichen Motive und Charaktere durch ihren skeptischen Argwohn selbst viel besser einschätzen kann. Außerdem versteht sie nicht, wie Rachel mit Sams Launen klarkommt. Sie hat mit Vince ihre eigenen Probleme, aber sie würde niemals zulassen, dass jemand ihr

Leben so sehr beherrscht, wie Sam es mit Rachels macht durch seine düsteren Blicke, sein Schweigen und seine Wutanfälle.

»Neulich Abend hätte ich Kieran fast angerufen«, erzählt Rachel. »In der Woche, bevor wir ins Cottage gefahren sind, hab ich seine Nummer gewählt, habe aber aufgelegt, bevor es geklingelt hat. Ich hab mir eingeredet, es wäre ganz normal und freundlich, ihn anzurufen. Ich wollte mich nur bei ihm beschweren – du weißt schon, eine lustige Geschichte aus meinem chaotischen Tag machen. Vielleicht hätte ich es tun sollen. Und ich hätte sagen wollen, dass er vorbeikommen und ein paar Tage mit uns auf dem Land verbringen soll.«

Janie ist mit Kümmern beschäftigt. Sie stillt Lulu, während die Schatten der Blätter über ihre nackte Brust flackern und der Kopf des Babys sich rhythmisch beim Saugen bewegt. »Lass dir bloß nicht wehtun«, sagt sie.

Rachel wirft sich ruhelos ins Gras. »Schön wär's«, sagt sie.

»Ich würde warten«, sagte Janie, »bis er sich meldet.«

Später dreht Rachel mit den Kindern eine Runde auf dem Putting Green. Sie sind unglaublich langsam, weil sie eine so große Gruppe sind und die Kleinen wahnsinnig viele Abschläge brauchen, um den Ball ins Loch zu kriegen, obwohl

Joshua und Tom sogar großzügigerweise ein wenig für sie mogeln. Melia wirft ihr Eisen ins Gras, schmollt, latscht ihnen hinterher und holt sie dann wieder ein. Etwa nach der Hälfte haben sich mehrere Spielergruppen hinter ihnen angesammelt, und Rachel ordnet eine Pause an und lässt sie vor. Sie rennt zu Janie, die vom Rand aus neben dem Buggy zusieht. Sie hat eine Idee. Wenn sie mit der Runde fertig sind, könnten sie doch Würstchen und Pommes beim Café holen, damit sie heute Abend nicht kochen müssen. Diese kleine Freiheit scheint diesem schönen Tag angemessen. Die drohende Schufterei – Kartoffeln schälen, braten, füttern, abwaschen – hebt sich so leicht vom Abend wie eine treibende Wolke. Warum nicht? Das Leben kann doch auch ganz einfach sein. Rachel ruft Sam und Vince an, um ihnen zu sagen, dass sie für sich selbst kochen sollen. Sie muss ein wenig zwischen die Bäume gehen, um guten Empfang zu kriegen.

Als Rachel das Telefon wegsteckt und sich umdreht, denkt Janie einen Augenblick lang, Sam hätte etwas Fieses gesagt. Rachels Gesicht sieht vollkommen konzentriert und überrascht aus; sie geht übers Gras zurück, als müsste sie genau darauf achten, wohin sie ihre nackten Füße setzt.

»Da kommst du nie drauf«, sagt sie.

»Was?«

»Kieran ist aufgetaucht.«

»O Rach.«

»Aber ich hab ihn gar nicht angerufen. Ich hab ihn nie gefragt. Er war schon vorher ein paarmal da. Offenbar ist er heute Nachmittag einfach vorbeigekommen. Er wusste, dass wir im Cottage sind, weil Sam es erwähnt hat. Sam kocht irgendwelche Nudeln.«

»Freust du dich?«

»Es fühlt sich wie ein Zeichen an: dass ich mir das alles nicht eingebildet habe.«

»Ja, wahrscheinlich.«

»Ich hab wirklich schon gedacht, ich phantasiere nur rum. Aber du hast gemeint, ich sollte warten, bis er sich meldet, und jetzt hat er's getan. Irgendwie. Als wäre es ernst.«

Beim Golfen hatte sich Rachels Haar zum Teil aus den Spangen gelöst; lange Strähnen kräuselten sich in ihrem Nacken – eine klassische Schönheit mit wächserner heller Haut, wie ein Porträt von Reynolds. Ihr haftet nicht die körperliche Leichtigkeit oder Beweglichkeit an, die auf Affären schließen lässt, der einfache Übergang von einem Mann zum anderen, Geheimnisse. Die Jungs rufen vom Grün herüber; sie sind wieder an der Reihe. Nachdenklich hebt sie ihren Puttingschläger auf. Janie spürt, dass sie Aufregung wie Hitze ausstrahlt.

Kierans Besuch im Cottage hätte für die Männer dort seltsam werden können, denn Kieran und Sam verband seit dem College eine jahrelange Freundschaft; Sam kannte Vince dagegen nur durch Janie und hielt ihn für eine Art Dünnbrettbohrer. Während Sam vormittags am Computer arbeitete, mühte er sich, nicht darauf zu achten, dass Vince unten offenbar nichts mit sich anzufangen wusste, durch die Zimmer schlenderte, die Zeitung von gestern las oder sich was zu essen machte. Sam war genervt, weil die Mädels Vince nicht mit in die Stadt genommen hatten, und dann blieben sie auch noch so lange weg.

Allerdings hatte Kieran eine große Plastiktüte mit Gras dabei, das, schon während sie den Joint drehten und rauchten, für eine unmittelbare, gut gelaunte Kumpelhaftigkeit sorgte. Sie fläzten sich in die sonnenbeschienenen Plastikstühle im Garten, rauchten und tranken eine Tasse Tee nach der anderen. Sam war so erleichtert, die Konversation mit Vince nicht ganz allein bestreiten zu müssen, dass er ihm gegenüber fast übertrieben freundlich wurde. Er hatte sich noch nie merken können, womit Vince seinen Lebensunterhalt verdiente. (In der Regel versucht er das zu verschleiern, indem er über den zeitgenössischen Roman sprach: Sam hat vor drei Jahren einen veröffentlicht und sollte eigentlich am nächsten arbeiten.) Diskret lenkt er das

Gespräch jetzt auf die Art von Crossover-Elektro-Musik, die Vince hört, wie er sich erinnerte, und Vince erzählt ihnen, dass er kürzlich die Visuals für ein Konzert in der Queen Elizabeth Hall übernommen hat. Vince will unbedingt gut ankommen. Er ist hager, sein Gesicht ist so keilförmig schmal wie das eines Collies, und sein hell gebleichtes, seidiges Haar fällt ihm in die Augen. Er sieht auf eine Art gut aus, die Frauen gefällt, Männer aber gleichzeitig nicht gegen sie aufbringt. Sam kreidet Vince nicht an, dass er selbst breitschultrig ist und gerade etwas Fleisch ansetzt. Seine braunen Locken dünnen sich aus, er trägt eine kleine gold gerandete Brille, und ihm gefällt die Vorstellung, dass er dem mittelalten Coleridge ähnelt.

Der Frieden des Nachmittags wirkt umso tiefer, weil die ganzen Kinderspielzeuge noch immer dort liegen, wo sie fallen gelassen wurden, die Fahrräder auf der Seite ruhen, die Schaukel stillsteht. Das Cottage liegt versteckt am Grund einer Landfurche, die sich tief zwischen den runden Hügeln hindurchzieht; Schafe grasen auf dem Feld, das sich hinter dem Häuschen so steil erhebt, dass man von dem Pfad am unteren Rand aus fast das Dach berühren könnte. In der weiten Kuppel sanften Lichts über ihnen segeln die Bussarde geschmeidig und kreischend dahin und drehen ihre blasse Unterseite der sinkenden Sonne zu.

Zaunkönige picken die Läuse von Rachels Gartenerbsen.

Kieran erzählt den anderen von seinem Großvater, der im Vertrieb einer Firma für private Telefonanlagen gearbeitet hat, die ihr Hauptgeschäft mit Zechen machte; seine Region war, unweit des Cottage, das Kohlerevier Südwestenglands gewesen, das mittlerweile ausgeweidet und vergessen war. Die Minentelefone waren aus Gusseisen, berichtet er, und wogen je einen Zentner. Kieran ist kleiner als die beiden anderen; er hat einen großen, markanten Kopf mit tief liegenden Augen, die meist nach unten blicken; seinen schwarzen Bart hat er mehrere Tage nicht rasiert. Seine Figur ist schwer zu fassen, er wirkt fast formlos, denn er ist wie immer in weite, dunkle Kleidung gehüllt, in mehr Schichten, als bei diesem Wetter nötig wären.

»Im Norden von Wales hat er auch gearbeitet«, erzählt Kieran, »hat Telefonanlagen in die Schiefersteinbrüche eingebaut. Wisst ihr, dass die durchschnittliche Lebenserwartung von Minenarbeitern zwischen fünfunddreißig und vierzig lag, weil sie an Staublungen starben? Die örtlichen Ärzte gaben in ihren Berichten dem gedämpften Tee, den die Arbeiter tranken, die Schuld.«

Kieran hat immer solche Dinge parat; er vertraut auf Fakten mehr als auf Meinungen. Er spricht wie üblich konzentriert und präzise, aber irgendetwas weckt in Sam die Sorge um sein Wohlergehen. So war es in ihrer Freundschaft schon von Anfang an gewesen. Kierans Gesicht ist ein wenig aufgedunsen, und neben seinem rechten Auge zuckt ein Nerv; er beugt sich angespannt und gleichzeitig erschöpft über die Papers für den Joint, was Sam befürchten lässt, dass der Job in der Kardiologie des St Bartholomew's Hospital Kieran alle Illusionen genommen hat und er an seiner zweiten Karriere, die ihn aus der akademischen Zwecklosigkeit hätte erretten sollen, zu zweifeln beginnt. Er erzählt keine Geschichten mehr über medizinische Dilemmas und Patienten mit ganz außergewöhnlichen Symptomen. In diesen Geschichten schien die Welt durch seine Arbeit als Mediziner eine ganz neue Bedeutung zu bekommen.

Rachel ruft im Cottage an, um Sam zu sagen, dass Janie und sie das Abendessen für die Kinder in der Stadt besorgen. Er ist erleichtert, dass Kierans Ankunft sie gar nicht zu stören scheint. Nach einer weiteren Runde Tee und Joints geht Sam in die Küche, macht den Kühlschrank auf und betrachtet ratlos und mit gerunzelter Stirn dessen Inhalt. Dann beginnt er ein wenig zerstreut, als täte er es zum allerersten Mal, mit der Tomatensoße, die er seit mindestens fünfzehn Jahren kochen kann. Er kramt in den Küchenschubladen auf der Suche nach Holzkochlöffel und Knoblauchpresse. Kieran öffnet im Garten seine mitgebrachte Flasche Wein. Vince scheint sich mit Wein auszukennen. Kieran nicht; er trinkt ihn einfach nur. Genau wie beim Essen – er nimmt etwas zu sich, um das System am Laufen zu halten.

Anfangs war es Vince unangenehm, mit diesen beiden Männern allein zu sein, die älter waren als er und deren Zurschaustellung ihrer Cleverness ihn so sehr einschüchterte wie ärgerte. Er liest, aber nicht die Bücher, die sie gelesen haben. (Er weiß, dass sie Literaturwissenschaft studiert haben, aber seiner Meinung nach sprechen sie meistens über Philosophie.) Als Janie vormittags mit Rachel und den Kindern loszog und Sam oben schrieb, hatte Vince sich gefragt, warum er eigentlich hier war (ging es bei diesem Urlaub nicht darum, dass er mehr Zeit mit den Kindern verbrachte?), und er spielte sogar mit dem Gedanken, nach London zu fahren und sie am Wochenende wieder abzuholen. Er vergeudete hier nur seine Tage, die er im Studio nutzen könnte. Doch nach ein paar Joints pulsiert seine gesellige Ader wieder stärker, und er hat Spaß; er freut sich schon darauf, wenn die Kinder zurückkommen, denn er will ja wirklich mehr Zeit mit ihnen verbringen.

Als Sam sich in der Küche ans Kochen macht, erzählt Vince Kieran plötzlich sehr detailliert von der Logistik für die Beleuchtungsanlage einer Show in

Albany. Kierans Nachfragen fühlen sich an wie eine Belohnung. Vince erzählt weiter von den Sorgen der Branche darüber, dass die Qualität von Tonaufnahmen für Fernsehen und Dokumentarfilm so gesunken sei, weil sich dank der Digitaltechnik niemand mehr die Mühe mache, die alten Tontechniker zu engagieren. Der Newsletter von BECTU, der Gewerkschaft für Rundfunk, Unterhaltung, Kommunikation und Theater, sei voller Wehklagen nach dem früheren Niveau. Kieran ist ein viel besserer Zuhörer als Sam. Sam will immer das Gespräch an sich reißen. Vince hat versucht, Sams Roman zu lesen, aber es nicht über das zweite Kapitel hinaus geschafft. Keine einzige der Figuren hat Gedanken, die nicht in ein verzweigtes Dickicht aus historischen oder kulturellen Assoziationen führen. Es ist gar kein Platz, damit tatsächlich mal irgendwas passiert.

Als Janie und Rachel durch das Gartentor treten, springt Kieran sofort von den Gartenliegen hoch, auf denen die Männer (allem Anschein nach stoned) herumhängen. Auf dem Tisch stehen Teller, eine Pfanne liegt daneben im Gras. Beiden Frauen fällt auf, dass Kieran in dem Moment, als sie die Arme voller Kinder und Einkäufe im Blickfeld erscheinen, Rachel ansieht. Einen Augenblick lang spiegelt sich das nackte Gefühl auf seinem Gesicht:

Erleichterung oder vielleicht auch Verzweiflung. Er läuft auf sie zu, um ihnen etwas abzunehmen. Als Reaktion auf seine Gefühlswallung wird Rachel majestätisch und unnahbar, sie zieht sich in ihre Rolle als Hausfrau zurück, verstaut die Einkäufe in den Küchenfächern und im Kühlschrank und lässt heißes Wasser über das schmutzige Pasta-Geschirr laufen.

Schon bald nach ihrer Rückkehr wird Sukey schlapp. Das ist nicht normal, eigentlich ist sie ein fröhliches kleines Mädchen mit kräftigen Armen und Beinen und strohigem hellen Haar. Jetzt jammert sie und klammert sich an Rachel und sagt, ihr Kopf tue weh. Ihr Gesicht ist gerötet und heiß, und sobald Rachel sie mit Kuschelhund und Decke aufs Sofa gelegt hat, spuckt sie alles mit ihrem Mageninhalt voll.

»Zu viel Sonne. Meine Schuld«, sagt Rachel mit einem Tuch und einem Eimer Desinfektionsmittel auf Händen und Knien putzend. Sukey liegt in eine Decke gewickelt ermattet auf Sams Schoß, den Kopf über einer Plastikschüssel. »Ich hätte darauf bestehen müssen, dass sie einen Hut trägt. Sie hätten mehr im Schatten bleiben sollen.«

»Wir müssen nicht ins Pub«, sagt Sam, »wenn dir nicht wohl dabei ist.«

Es gab den Plan, dass alle Erwachsenen ins Pub gehen, zehn Minuten zu Fuß die Straße ins Dorf runter. Joshua und Tom sollten für den Notfall mit Handys ausgerüstet auf die Kleineren aufpassen.

»Geht ihr mal«, sagt Rachel. »Ich bin sicher, wir müssen uns keine großen Sorgen machen. Aber ich bin ziemlich müde und habe gar nichts dagegen, früh ins Bett zu gehen. Und dann kann ich sie ein wenig im Auge behalten.«

Kieran geht in die Hocke, bis er auf Sukeys Höhe ist, und spricht ernst und liebevoll mit ihr; sie fügt sich, erlaubt ihm, die Hand auf ihre Stirn zu legen, das Augenlid hochzuziehen, um sich ihre Pupille anzusehen, und ihren Puls zu fühlen. Seine Finger mit den abgebissenen gelblichen Nägeln und den schwarzen Haaren wirken dunkel und zu männlich auf ihrer perlrosa Haut. Rachels Augen haften auf Kierans ruhigem Gesicht.

Er sagt zu Sukey: »Mami weiß genau, was los ist. Ich würde ihr vertrauen. Mamis wissen so was meistens am besten. Ich glaube nicht, dass du dir irgendwelche Sorgen machen musst.«

Und er lächelt zu Rachels erwartungsvoll blickenden Augen.

Kieran lächelt nicht besonders häufig. Und wenn doch, wird sein Gesicht ziemlich fröhlich und gewöhnlich. Wie eine Verschnaufpause, als wäre ein drohendes Problem unerwartet ganz leicht zu lösen.

»Warum wartest du nicht einfach ab, wie es ihr

in einer halben Stunde geht?«, fragt er. »Wenn sie halbwegs gut einschläft, wüsste ich nicht, warum du sie nicht allein lassen kannst. Wahrscheinlich tut dir eine Pause auch mal gut.«

»Vielleicht«, murmelt Rachel dankbar.

Sam denkt, wenn Kieran aus seinem Dasein als Arzt so etwas ziehen kann – für medizinische Autorität mit demütigem Vertrauen belohnt zu werden –, vielleicht ist es dann doch der richtige Job für ihn.

Eine Viertelstunde später sind Janie und Rachel dabei, Dom und Melia zu baden.

»Rach, warum willst du nicht mit ins Pub? Es macht mir echt nichts aus hierzubleiben. Ich bin mir sowieso nicht sicher, ob Lulu durchschläft, und ich kann dich anrufen, falls Sukey noch mal spuckt.«

»Nein, im Ernst, ich bleibe lieber hier.«

»Ich dachte bloß, Kieran ist ja nur die eine Nacht da.«

Rachel verbirgt ihr unwillkürliches Lächeln in Doms Frosch-Badeponcho. »Da ist doch was, oder?«, flüstert sie.

»Himmel, ja«, flüstert Janie zurück. »Wie er dich angesehen hat, als wir heimgekommen sind.«

»Ich weiß.«

»Also geh ins Pub.«

»Nein. Ich glaube nicht. Ich bin nicht bereit. Noch nicht.«

Sukey muss sich nicht mehr übergeben, und sie ist auch nicht mehr heiß. Rachel liest ihr etwas vor und bleibt an ihrem Bett, bis sie tief schläft. Auch alle anderen Kinder schlafen mittlerweile, außer Joshua und Tom, die im Wohnzimmer eine DVD anschauen. Rachel geht nach unten und dann raus in den Garten. Das Licht weicht fast unmerklich vom Himmel; das samtige Pflaumenblau der Blutbuche saugt die Dunkelheit auf. Gelbes Licht von den Fenstern des Hauses glitzert auf den Betonplatten des Innenhofs. Durch die Terrassentür flackert der Fernseher und beleuchtet die Umrisse der Köpfe der Jungs, die gebannt auf den Bildschirm blicken.

Vince kommt vom Pub zurück, weil er seine Zigaretten vergessen hat. Er bleibt im Garten stehen, um eine zu rauchen. Sie nimmt auch eine, obwohl sie sonst nicht raucht, und sie freuen sich über die gegenseitige Zugewandtheit. Vince hat Rachel gern, sie ist nicht sein Typ, aber warmherzig und fürsorglich. Rachel dagegen fühlt mit Vince – wahrscheinlich macht Janie ihm das Leben schwer. Er sagt ihr, wie gut es ihm hier gefällt (seine Unsicherheit vom Morgen hat er schon vergessen). Er spricht darüber, wie viel ihm dieser Ort bedeutet, und dass er und Janie wirklich versuchen sollten, aus London

wegzuziehen. Es ist nicht fair, Kinder dort groß-
zuziehen; sie brauchen weite, offene Flächen und
Kontakt zur Natur. Rachel hört ihm nachsichtig
zu, sie weiß, dass das ohnehin nicht passieren wird,
weil Vince auf dem Land vor Langeweile eingehen
würde.

Als er weg ist, lärmen über ihr die Krähen. Es
ist noch dunkler. Motten besuchen wie ein blasser
Windhauch Rachels Schnittlauch und den Bauern-
tabak. Eine Fledermaus wirbelt die Luft mit dem
Schlag ihrer ledrigen Flügel auf. Einen Augenblick
lang flammt in ihr der Impuls auf, den Jungs zu sagen, dass sie doch noch ins Pub geht und sie auf die
Babys aufpassen sollen. Aber sie rührt sich nicht,
bleibt wie angewurzelt inmitten der ruhigen Luft
voller unsichtbarer Bewegungen stehen, gebadet in
die Duftschwaden der Balsampappel.

Auf dem Heimweg vom Pub fallen Janie und Kieran zurück, weil er sagt, dass er eine Eule hören
kann, und sie stehen bleibt, um zu lauschen. Sie
freut sich aufrichtig, als auch sie sie hört. An diesem Abend haben sie nicht viel miteinander gesprochen. Sam und Kieran stritten über den Irak
(es ist typisch für Kieran, dass er den Krieg nicht
verurteilt, wenn alle anderen es tun). Janie hatte mit
Vince eines dieser Gespräche darüber, dass er von
jetzt an mehr zu Hause sein will, um ihr Raum für

ihre künstlerische Arbeit zu geben. (Diesmal hat er nicht erwähnt, oder zumindest nur am Rande, dass seine Arbeit Geld einbringt und ihre nicht.) Janie hat Kieran nie wirklich vertraut; sie hatte ihn immer für einen von Sams Cambridge-Kumpels gehalten, viel zu sehr mit sich selbst und damit beschäftigt, seine intellektuelle Position zu behaupten. Was hat er nur mit Rachel im Sinn?

Um den Pub herum gibt es noch Straßenbeleuchtung, aber als sie zu den Hügeln zum Cottage abbiegen, tauchen sie in eine tiefe und vollständige Dunkelheit ein, die für die an das allgegenwärtige orange schimmernde urbane Licht gewöhnten Städter völlig erstaunlich ist. An eine Taschenlampe haben sie nicht gedacht. In diese dichte, hemmende Dunkelheit hineinzuspazieren, scheint so sehr der Intuition zuwiderzulaufen, wie gegen eine Wand zu rennen.

Janie gerät ins Straucheln. »Ich habe keine Ahnung, wohin ich trete«, sagt sie.

»Halt dich an mir fest«, sagt Kieran und streckt die Hand aus. »Obwohl ich auch keine Ahnung habe.«

»Wenn wir irgendwo reinstürzen, dann wohl zumindest gemeinsam.«

Sie können einander nicht sehen; sie spürt seine suchende Hand und klammert sich mit beiden Händen an seinen Oberarm. Sie erinnert sich an das Hemd, das er trägt – grün mit gelbem Muster aus irgendeinem glatten Material –, als wäre das plötzlich von Bedeutung, obwohl sie es den ganzen Abend völlig uninteressiert wahrgenommen hatte (wenn überhaupt, dann mit Abneigung). Ihre Finger gleiten über den glatten Stoff. Seine Hand tastet nach ihrem nackten Arm unter der Strickjacke, die sie über die Schultern gelegt hat.

Weiter vorne sind die Stimmen der anderen zu hören. »Alles okay, Janie?«, ruft Vince.

»Alles gut!«

»Verdammt dunkel!«, ruft Kieran. »Verdammtes Kuhkaff!«

»Navigier mit den verdammten Sternen!«, ruft Sam zurück.

Kieran und Janie haben beide genug getrunken, um ins Wanken zu geraten, und halten sich nun ohne irgendwelche sichtbaren Wegmarken mitten auf der Straße aneinander fest. Sie stolpern, und er umfasst sie, zieht sie an sich und beginnt dann ihr Gesicht zu küssen mit seinem rauchigen Bier- und Knoblauchatem (der Knoblauch war in der Pasta, die sie und Rachel nicht gegessen haben). Zuerst küsst er blindlings, aufs Ohr, seitlich an die Nase. Nach der ersten Überraschung küsst sie zurück, fährt mit der Hand in sein Haar und findet mit ihrem Mund seinen. Es ist lange her, seit sie zuletzt einen anderen als Vince richtig geküsst hat; wie schön, dass das immer noch so einfach und geschmeidig funktioniert. Dann wird ihr schwummerig, sie verlieren das Gleichgewicht und stürzen beinah. Er stellt die Beine breit auseinander, um sie zu stützen, und legt einen Arm um ihre Schultern.

»Wer bist du?«, fragt er leise und so nah, dass sie seinen Atem auf sich spürt. »Es ist so dunkel, du könntest jede sein.«

Sie kann die salzige Herbheit seiner Haare riechen, als hätte er für Shampoo nicht viel übrig. »Ich habe keine Ahnung«, sagt sie. »Wer bist du? Was ist gerade passiert?«

»Nicht aufhören. Bitte, hör nicht auf.« Seine Stimme klingt flehend, er meint es ernst.

Janie denkt, dass er genau das gemeint hat, als er Rachel am Nachmittag angesehen hatte: Er sehnte sich danach, sich so zu verlieren. Sie erfüllt dieses Bedürfnis für ihn genauso gut wie Rachel; und trotzdem ist dieser Gedanke nicht kränkend, sondern erregend. Sie fühlt genau das Gleiche: Auch für sie genügt Kieran völlig. Sie hört nicht auf. Sie fängt wieder an.

Sein Mund ist heiß und feucht. Seine Lippen fühlen sich geschwollen und dünnhäutig an; sein Bart ist lang genug, damit die Stoppeln an ihrem Mund und ihrer nassen Wange nicht kratzen. Sie denkt an die unzähligen Partys bei Sam und Rachel, bei denen sie stumm geblieben war, während

Kieran äußerst eloquent über irgendein Thema gesprochen hatte, und jetzt tastet sich dieselbe Zunge vorsichtig und schüchtern an ihre heran – und ihre ist mutiger. Es macht die Sache wunderbar einfach, dass aus diesem Moment nicht viel mehr werden kann als ein Kuss. Sie haben nur diesen einen Augenblick, ehe sie den anderen zurück ins Licht folgen müssen.

Vince ruft wieder. Seine Stimme klingt sehr weit entfernt.

»Wir lauschen auf die Eule«, ruft Kieran zurück.

Das schafft Raum zwischen ihnen. Sie weichen ein wenig voneinander ab.

»Schau, was du getan hast«, sagt Janie.

Das hätte sie ihm bei Licht nicht ins Gesicht sagen können.

»Was habe ich getan?«

Sie findet seine Hand und drückt sie an ihre Brust, wo sich auf ihrem Kleid kleine Kreise von Muttermilch gebildet haben.

»Ich stille noch. Sie sind sehr voll, bereit für das Baby, wenn ich nach Hause komme. Deinetwegen legen sie los.«

»Ich wusste nicht, dass das passieren kann«, sagte er ohne Verlegenheit mit einer Stimme voller ruhigem, wissenschaftlichem Interesse.

Diese Worte empfindet Janie als Warnung, ganz leise, wie ein Ton fern in den Bergen. Eine flüchtige

Andeutung dessen, was sie in einem anderen Leben als dem, das sie bisher geführt hat, verzweifelt ersehnen und nicht bekommen würde: sein ruhiges, distanziertes Interesse, das nur ihr gilt.

Aber im Augenblick ist Kieran derjenige, der verzweifelt ist.

Rachel glaubt, dass sie wach liegen wird, vollauf beschäftigt mit der Tragweite ihres Lebens heute. Sie denkt, dass sie diese Geschichte mit Kieran nicht vorantreiben wird, nicht jetzt, nicht diesmal. Aber das mindert die Euphorie über das Wissen, dass er sie will, dass er ihr hierher gefolgt ist, nicht. Es weckt in ihr das Gefühl, als gäbe es einen prächtigen, opulenten Strom geheimer Möglichkeiten in der Welt, genug für alle. Sie meint zu spüren, dass sie jetzt in der Lage ist, jederzeit in diesen Strom einzutauchen und sich zu nehmen, was sie will.

Sam liegt neben ihr auf dem Rücken und schnarcht mit offenem Mund, weil er getrunken und geraucht hat. Sie drückt sich fest gegen ihn, damit er sich auf die Seite dreht, und als sie sich dann an seinen warmen breiten Rücken schmiegt, schläft sie fast sofort ein.

Janie hat Lulu ins Bett geholt, um sie zu stillen; Vince liest eine Computerzeitschrift. Ihr Verrat ihm gegenüber fällt noch nicht ins Gewicht. (Irgendwie denkt sie auch, er sei ihr das schuldig.) Wenn sie sich vorstellt, dass Rachel nach ihren ganzen Gesprächen am Nachmittag herausfinden könnte, was sie gerade mit Kieran gemacht hat, spürt sie eine klamme Unruhe. Dennoch denkt sie keineswegs, dass sie Kierans Kuss hätte abwehren müssen, der diesen prickelnden Raum in der Nacht geöffnet hat. Ein echtes Abenteuer mit einem Mann sollte man sich nicht entgehen lassen. Alles entgleitet einem so schnell – das Wichtigste ist doch, sich so viel Leben zu schnappen, wie man kriegen kann.

Und abgesehen davon war es nur ein Kuss.

Kieran hat gefragt, ob er sie anrufen könne, und sie meinte, sie wisse es noch nicht, aber während das Baby trinkt, fühlt sie, wie ihr altes Leben hohl wird. Sie ist leer und hungrig, voller aufregendem Verlangen, so schmerzhaft und drängend wie der Wind.

Rachel hat das Ausziehsofa mit Laken und Decke für Kieran vorbereitet. Sie hatte immer wieder besorgt daran geschnuppert und gesagt, falls es nach Kotze riechen sollte, könne er gern ihr Bett haben, und sie und Sam würden hier unten schlafen. Am Abend hatte er nichts gerochen, jetzt aber schon. Er liegt wach und fragt sich, wie Familien mit diesem permanenten, grauenhaften Halbdämmer von falschem Schlaf klarkommen: Das Treppenlicht ist an, Rascheln und schläfriges Kindergemurmel sind zu hören, nackte Füße trappeln nach unten, geraunter elterlicher Tadel, irgendwann das laute Schreien des Babys, Sams Schnarchen, das Toilettenlicht, das ein Kind zu löschen vergessen hat, weshalb die Lüftung weitersurrt, bis er selbst aufsteht und es ausmacht. Er hört, wie eins von ihnen zu Sam und Rachel ins Bett krabbelt. Er hört, wie das Bett quietscht und protestiert, als die Erwachsenen Platz machen.

Nach seiner Ankunft am Nachmittag war er zur Toilette gegangen und hatte einen Blick in Sams und Rachels Schlafzimmer geworfen. Das breite Doppelbett mit dem schmuddeligen gestreiften Laken von Habitat und Kleider- und Spielzeugberge auf der aufgeworfenen Decke, Rachels Bürste und ihre Gesichtscreme – das alles wirkte in diesem Augenblick wie der Inbegriff von etwas, nach dem er sich sehnte, etwas, das er verpasst hatte. In den dürren Stunden vor der Dämmerung wirkt die Wahrheit düsterer. Auch in guten Zeiten ist er kein guter Schläfer. Die Decke ist zu warm, und als er sie wegschiebt, ist ihm zu kalt. Plötzlich sehnt er sich nach der vollständigen Ruhe seines eigenen Zimmers, der er, wie er gedacht hatte, durch seine Fahrt hierher entkommen wollte.

Sohn seiner Mutter

Jemand sagte Christine, Alan werde wieder heiraten; die junge Frau sei halb so alt wie er. Christine glaubte, das sei ihr egal. Sie sprach kaum mit Alan in letzter Zeit; sie mussten keine Abmachungen mehr treffen wegen ihres Sohns, seit Thomas erwachsen war und selbst Abmachungen traf. Nachdem Christine bei einem Abendessen die Neuigkeit gehört hatte, war diese gleich untergegangen im Lärm des Gelächters und der Gespräche, und Christine erinnerte sich erst am folgenden Nachmittag daran, als sie zu Hause saß und schrieb.

Sie machte sich Notizen für eine Vorlesung über Romanautorinnen und die Moderne; Bücher von Rhys und Woolf und Bowen stapelten sich um sie herum, manche lagen mit dem Rücken nach oben aufgeschlagen auf dem Tisch, aus anderen lugten Papierfetzen als Lesezeichen hervor. Als ihr die Neuigkeit über Alan wieder einfiel, schreckte sie aus der Vertiefung ins Paris und Irland der zwanziger Jahre hoch und blickte sich erstaunt in ihrem realen Londoner Zimmer um: hoch und weiß und geräumig, mit gedeihenden Zimmerpflanzen und einem Bogenfenster, das die ganze Breite der Wand einnahm und bis zum Boden reichte. Die Räume der Wohnung – Schlafzimmer, Bad und Küche –, in der Christine alleine lebte, waren klein, bis auf diesen einen großen, den zentralen. Hier arbeitete sie an einem Kirschholztisch; wenn sie Gäste hatte, schob sie alle Bücher und Papiere an das eine Ende und legte am anderen die Gedecke auf. Es war März. Draußen hatte der Wind eine schiefergraue dunkle Wolkenbank aufgebauscht vor einem Stück silbrig zitronengelben Himmels, glatt und durchsichtig wie ein See; auf den Steinfassaden der Häuser gegenüber veränderte sich das Licht rasch wie wechselnde Gesichtsausdrücke.

Christines Wohnung befand sich im zweiten Stock; das Haus war eines einer ganzen Häuserreihe mit den gleichen phänomenalen Fenstern und demselben kalten Nordlicht, sie waren in den 1890er Jahren als Künstlerateliers gebaut worden. Manche, wie ihres, waren renoviert und kosteten ein Vermögen; andere waren zerfallen, geheimnisvoll und verströmten eine Aura von Boheme mit Patchworkdecken, Spitzengardinen oder Satinlaken als Vorhänge in den Fenstern. Im Zimmer waren das Wetter und das Licht in intimem Maße präsent; es gab zwar lange weiße Gardinen, doch Christine zog sie selten zu: Statt gegen das Drama draußen abzuschirmen, schienen sie dort vielmehr gewaltige Präsenzen heraufzubeschwören. Es war schwierig gewesen, Bilder für die Wände auszuwählen; letztendlich hatte Christine ein paar Drucke von Mondrian-Zeichnungen aufgehängt. Nichts anderes war ihr ruhig genug vorgekommen.

Die Türklingel ertönte, und in Strümpfen ging Christine zur Gegensprechanlage.

»Mum? Ich bin's, Thomas.«

Sie machte Kaffee für beide, maß hastig das Pulver ab und holte vor lauter Freude über seinen Besuch eilig die Tassen heraus und um möglichst schnell zu ihrem Sohn, ihrem einzigen Kind, zu gelangen, der sich auf den niedrigen weißen Lehnstuhl vor dem Fenster gefläzt hatte. Sie stellte Milch und Zucker aufs Tablett und war froh, dass sie teure Schokoladenkekse gekauft hatte. Sie fand einen Aschenbecher: Niemand sonst durfte in ihrer Wohnung rauchen. Aus irgendeinem Grund wählte Thomas immer diesen Sessel und lehnte seinen Kopf dann so weit zurück, dass sich seine ganze unwahrscheinliche Länge (er war eins dreiundneunzig) fast horizontal ausstreckte. Er kreuzte die Beine auf Knöchelhöhe und blickte stirnrunzelnd auf seine Füße.

Die steckten in kaputten alten Turnschuhen, nicht den Brogues, die er zur Arbeit trug. Sein ungebügeltes kakifarbenes Hemd steckte nur zur Hälfte in der Hose. Christine, die Uniformen hasste, schämte sich fast dafür, wie gut er ihr in den Anzügen mit Krawatte gefiel, die er zur Arbeit tragen musste. Aber sie mochte es auch sehr, wenn er auf seine zerknitterten, abgetragenen alten Kleider zurückgriff, aus denen zuverlässig Jugend und Schönheit hervorleuchteten. Dabei sah Thomas eigentlich merkwürdig aus mit seiner krummen Nase und dem großen schlaffen Mund. Er hatte sein gelbbraunes Haar schon länger nicht mehr schneiden lassen; seine Haut war empfindlich gerötet, wo Wangenknochen und Kinnpartie im Kampf mit kindlicher Weichheit waren. Unter seinen schweren Lidern hervor blinzelten die braun gefleckten grünen Augen träge wie Alans. Wenn Christine in letzter Zeit an Alan dachte (sie hatte ihn in den vergangenen zwanzig Jahren nicht mehr als fünf- oder sechsmal gesehen), dann immer nur, wenn Thomas' Ähnlichkeit mit ihm sie überrumpelte.

»Wie ich höre, heiratet dein Vater wieder.«

»Wer hat dir das gesagt?« Seine Miene verriet einen Anflug von Besorgnis, es könnte ihr etwas ausmachen.

»Jemand, der Laura kennt. Die arme Laura.«

Laura war Alans erste Frau, mit der er während seiner Affäre mit Christine vor so vielen Jahren verheiratet gewesen war. Laura hatte Thomas immer bei sich willkommen geheißen, auch als Alan ein zweites Mal fremdgegangen war und dann ein drittes und schließlich endgültig wegblieb. Thomas stand seinen Halbgeschwistern nahe und bewältigte elegant einen ganzen Komplex von Loyalitäten.

»Ich glaube, Laura geht es gut«, sagte er. »Ich glaube, mittlerweile ist ihr ziemlich egal, was Dad so treibt.«

Das war ihr bei dem Abendessen anders berichtet worden.

»Ich hab gehört, die Frau, die er heiratet, ist jung genug, um seine Tochter zu sein.«

Thomas konnte sich ein verschwörerisches Lächeln nicht verkneifen. Er war schnell belustigt. »Du weißt ja, wie er ist.«

»Hast du sie kennengelernt?«

»Sie ist okay. Ich glaube, sie weiß, worauf sie sich einlässt. Aber, wie soll ich sagen? Ich glaube, es sind nicht ihre intellektuellen Fähigkeiten, auf die er abfährt. Ich dachte, du bist heute vielleicht an der Uni«, fuhr er fort. »Ich bin auf gut Glück hergekommen.«

»Donnerstags arbeite ich meist zu Hause. Warum bist du nicht im Büro?«

»Ich hab dort angerufen und gesagt, ich sei krank.

Ich habe ewig nicht mehr krankgefeiert. Aber mir geht eine Menge Zeug im Kopf herum, und ich brauche Zeit, um mal gründlich darüber nachzudenken. Und dann dachte ich, ich schau mal vorbei, damit wir über was plaudern können, das sich vor Kurzem ergeben hat.«

Christine war gerührt. Er kam selten zu ihr, um über seine Probleme zu sprechen. Genau genommen hatte es kaum je Probleme gegeben. Er war ein freundlicher, umgänglicher Junge, und seine Direktheit war angenehm, nicht anstrengend. Er richtete sich so weit auf, dass die Knie vor seinem Gesicht aufragten. Er rührte zwei Löffel Zucker in den Kaffee und aß Schokoladenkekse.

»Geht es um deinen Vater und diese Hochzeit?«

»Ach was. Das ist mir ehrlich gesagt schnuppe. Ich freue mich sogar für ihn.«

»Die Arbeit?«

Er verzog das Gesicht. »Und anderes.«

Er hatte im Jahr zuvor sein Studium in Oxford abgeschlossen und arbeitete seitdem als Assistent einer Labour-Parlamentarierin, keiner besonders wichtigen. Er machte Fotokopien, kümmerte sich um die Ablage und beantwortete Wähleranfragen mit Formbriefen; doch geplant war, dass sich daraus etwas Größeres und Besseres ergeben sollte, eine Art politische Karriere. Das war aber nur so eine Idee, die ausprobiert wurde. Thomas wusste nicht, ob er wirklich eine politische Karriere einschlagen wollte. Christine glaubte, er könnte dafür zu empfindsam, zu gewissenhaft sein. Aber sie war auch stolz auf seinen Realismus, dass er unsentimental darüber nachdachte, wie man Macht erlangen und etwas verändern konnte.

»Ich bin in etwas Blödes reingeraten«, sagte Thomas, »mit Anna.«

»Ach ja?«

Er fischte Tabak und Zigarettenpapiere aus einer Tasche und benutzte seine Knie als Ablagefläche.

»Es hat sich irgendwie was ergeben mit einer anderen.«

»Oh.«

Er erzählte ihr von einer jungen Frau, die er bei der Arbeit kennengelernt hatte. Zuerst habe er sie überhaupt nicht gemocht, sie sei ihm eingebildet vorgekommen. Aber dann hätten sie gemeinsam an einem Projekt gearbeitet, und da habe er sie viel besser kennengelernt. Er könne mit ihr so reden, wie er noch nie mit jemandem geredet habe. Sie sei sehr intelligent. Aber sie sei nicht gut aussehend, nicht wie Anna.

»Sie ist ziemlich mollig«, sagte er. »Nicht dick. Üppig. Und sie hat unordentliche schwarze Haare. Lange.«

Sein eigenes Haar hing ihm ins Gesicht, während er seine Zigarette drehte, sodass Christine seine

Mimik nicht entziffern konnte. Doch sie hörte, dass seine Stimme belegt war vor jener Aufregung, die zur ersten Verliebtheit gehört und sich nie verhehlen lässt, selbst wenn man ganz gewöhnliche Dinge über den geliebten Menschen sagt.

»Das Schlimmste ist«, sagte er, während er sich das Haar aus dem Gesicht schüttelte und sie offen anblickte, »das heißt, nein, nicht das Schlimmste. Aber die beiden haben denselben Namen. Fast jedenfalls. Sie heißt Annie.«

Christine lachte unwillkürlich auf.

»Eben«, sagte er, »scheiße, was?« Er stimmte in ihr Gelächter ein. »Die beiden Anns.«

»Hast du es Anna gesagt?«

Er schüttelte den Kopf. »Zuerst hab ich geglaubt, da sei ... nichts. Nichts, worüber sie sich Sorgen machen muss.«

»Aber da ist was?«

Er zuckte mit den Schultern und drehte die Handflächen hilflos nach oben, während er die Augen zukniff gegen den Rauch der Selbstgedrehten, die in seinem Mund wippte. Woher sollte er das wissen? So etwas war ihm noch nie passiert.

Christine empfand das Bedürfnis, Anna zu schützen, obwohl sie schon öfter gedacht hatte, sie sei zu lieb und langweilig für Thomas. Sie konnte sich diese neue junge Frau nur zu gut vorstellen: weniger hübsch, übergewichtig, abgefeimt. So wie

46

sie selbst damals gewesen war. Sie war gleich auf der Hut, als ginge es um eine Konkurrentin.

»Sie ist anders«, sagte er. »Sie ist witzig, sie bringt mich zum Lachen. Sie nimmt nicht alles allzu ernst.«

»Und dir macht es nichts aus, Anna zu betrügen?«

Er nahm vernehmlich einen Schluck Kaffee. Sie sah, dass er, von Scham überflutet, nicht zu reden wagte, ein ungeübter Lügner.

»So was passiert«, sagte sie besänftigend. »Da müssen wir uns nichts vormachen. Sogar wenn wir anständig wären, wenn wir durch und durch keusch wären, hätten wir keine Kontrolle darüber, was in unserer Phantasie passiert. Insofern ist anständig sein vielleicht nur eine Art von Lüge.«

Als Christine ihre Affäre mit Alan angefangen hatte, war die Rede davon gewesen, dass er Frau und Kinder verlassen würde. Das hatte er eine Zeit lang auch getan, und sie hatten zusammengelebt. In dieser Zeit war Thomas gezeugt worden. Es hatte aber nicht geklappt, sie hatten schreckliche Streitereien gehabt, und Alan war vor Sehnsucht nach seinen Kindern richtig krank gewesen. Schließlich hatte es ihn nach Hause getrieben. Was für Stürme, was für gewaltige Stürme hatte es einst in Christines Leben gegeben: mit Alan und später auch mit anderen. Wenn sie sich nach ihrer Jugend sehnte, dann fehlten ihr diese Stürme, nicht die glücklichen Zeiten. Die Erregung des Aufruhrs, ein Universum voller Möglichkeiten, Telefonanrufe, die alles veränderten, konspirative Besprechungen mit Freundinnen, das fiebrige Packen für eine ungeplante Reise, die Flucht vor einer Geschichte, das Sich-Stürzen in die nächste. Vielleicht erinnerte auch Thomas sich an manche dieser Abenteuer: Zugfahrten spät in der Nacht, Reisen, auf denen er mit großen schlaflosen Augen neben ihr saß, an seinem Schnuller saugte, mit der Ecke seiner kostbaren Schmusedecke spielte, den kleinen roten Koffer vollgestopft mit Spielsachen und Büchern.

Später, nachdem er sich in der Schule eingewöhnt hatte, hatte sie ihm zuliebe ein ruhigeres Leben geführt. Doch jetzt, da er sich verknallt hatte, berauscht war und über die Stränge schlug, schwante ihm vielleicht, dass er sich auf Terrain begeben hatte, das ihr vertraut war, und er war zu ihr gekommen in der Hoffnung, sie könnte ihm weiterhelfen. Dass er in seiner Krise zu ihr kam, war vielleicht so etwas wie Vergebung für den Aufruhr von einst.

»Und was ist mit der Arbeit?«, sagte sie.

Thomas schaute sie zerstreut an. Die Arbeit war angesichts der Feuersbrunst seiner Gefühle nichts als ein Strohhalm.

»Du hast gesagt, es gibt auch Dinge bei der Arbeit, die dir zusetzen.«

»Nichts Neues eigentlich. Ich meine, ich tüte da Briefe ein für eine Abgeordnete, die für den Irakkrieg gestimmt hat. Soll ich im Zelt bleiben und hinauspissen? Hätte es nicht mehr Stil, wenn ich da rausgehe und stattdessen reinpisse?«

»Pissen mit Stil.«

»Aber das haben wir ja schon x-mal durchgekaut.«

»Allerdings ist es jetzt komplizierter, weil sie dort arbeitet, Annie, nicht?«

»Das Einfachste wäre, ich haue ab und ziehe allein nach Prag oder so. Nach Budapest.«

»Gleich beide verlassen, meinst du?«, fragte Christine. »Ach, immer diese Frauen«, seufzte sie scherzhaft.

Sie war sich plötzlich sehr sicher, dass er tatsächlich eine Zeit lang ins Ausland ziehen würde, auch wenn er selbst das noch nicht wusste und diese Möglichkeit nur im Scherz erwähnt hatte. Nach vielen Erörterungen, Selbstergründungen und zahlreichen schmerzhaften Szenen mit seinen zwei jungen Frauen würde er genau das tun.

»Du würdest mir fehlen, wenn du nach Prag ziehst«, sagte sie.

»Lass dich freistellen. Komm mit und bleib dort.«

Sie genoss es, ihn in London in ihrer Nähe zu

haben. Doch sowie sie sich Prag vorgestellt hatte, wurde ihr klar, dass sie sich genau das für ihn wünschte: etwas anderes als das gewiefte Spiel mit Gelegenheiten und Aufstiegsmöglichkeiten, eine umfassendere und tiefere Einführung ins alte, kultivierte Europa, eine Initiation ins Erwachsenenleben mit seinen Komplikationen.

»Ich muss los«, sagte Thomas.

Er hatte in der letzten Viertelstunde drei- oder viermal auf die Uhr geschaut.

»Triffst du Annie?«

»Nein«, log er.

Obwohl er Christine gegenüber sein Geständnis abgelegt hatte, würde sie ihm nicht einmal in ihrer Phantasie folgen wollen zu seinem Treffen mit der dicken, dunklen, gerissenen jungen Frau. Sie war schließlich nur seine Mutter. Vielleicht ging Anna an diesem Abend zum Pilates oder was sie sonst machte. Vielleicht hatte das Liebespaar nach Annies Arbeit den ganzen Abend vor sich; dann konnten die beiden sich im verborgenen Winkel eines Pubs gegenübersitzen, zur Hälfte gerauchte Zigaretten ausdrücken, die immer gleichen logischen Widersprüche wälzen, unter dem Tisch die Knie gegeneinandergepresst und vor Aufregung immer betrunkener werdend. Oder zu ihr nach Hause gehen. All diese Dinge.

Als Thomas ging, hatte sich der Himmel vor Christines Fenster erneut verändert: Die schwarzgraue Wolkenbank war aufgebrochen und hatte den zitronengelben See verschluckt; jetzt trieben in dräuendem Licht zerzauste Fetzen unordentlich dahin. Christine hatte noch eine Stunde zu tun, bevor sie duschen und sich umziehen würde. Sie hatte sich mit einer Freundin verabredet: zu einem Bergman-Film im BFI mit anschließendem Abendessen. Sie nahm ihr Exemplar von *Guten Morgen, Mitternacht* in die Hand. Auf dem Vorsatzblatt stand ihr Name: Christine Logan, Girton College, 1971. Sie war sich sicher, dass sie dasselbe Exemplar in der Hand gehabt hatte an dem Morgen, an dem Thomas geboren wurde, 1980 – nein, nicht am Tag seiner Geburt, sondern am Tag davor: Geboren worden war er erst eine halbe Stunde nach Mitternacht. Sie hatte damals an ihrer Dissertation gearbeitet, ein weiteres Kapitel ins Reine getippt, um es ihrem Doktorvater zu zeigen; sie war dabei, jedes Zitat mit der Vorlage zu vergleichen, als sie den ersten Schmerz verspürt hatte.

Der erste Schmerz – das erste Anzeichen, dass Thomas im Anzug war, zwei Wochen vor dem Termin – war wie das Anschlagen einer winzigen hellen Glocke gewesen. Nicht so sehr etwas, das sie spürte, sondern hörte, ein ganz klarer hoher Ton aus der Tiefe ihres gewaltigen Bauchs, der eingezwängt war zwischen ihrem Stuhl und dem wackligen Schreibtisch, an dem sie arbeitete. Nichts anderes von dem, worauf die Hebammen sie im Krankenhaus vorbereitet hatten – blutiger Ausfluss oder das Platzen der Fruchtblase – war eingetreten, nur diese kleine Schmerzglocke, so klein, dass es eher angenehm als unangenehm war, wenn sie immer mal wieder in ihrem Inneren erklang. Sie wusste, dass sie den Gang ins Krankenhaus so lange wie möglich hinauszögern sollte, und so tippte sie weiter, während ihr Geist sich mit großer Freiheit und Klarheit zwischen den Wörtern des Romans und ihrer eigenen außergewöhnlichen Situation hin- und herbewegte. All das geschah im Wohnzimmer des kleinen einstöckigen Hauses, das sie damals vom Jesus College gemietet hatte und das im Kite-Viertel von Cambridge stand. Das Haus war mittlerweile abgerissen worden, um Platz zu schaffen für Neubauten.

Einmal während dieser Wartezeit war sie vom Schreibtisch aufgestanden und hatte ihr Gesicht betrachtet in dem trüben alten Spiegel, den sie seines Rahmens wegen in einem Trödelladen gekauft und auf den Kaminsims gestellt hatte. Sie dachte daran, dass sie sich vor fünfzig Jahren, als Rhys' Roman geschrieben worden war, vielleicht auch so betrachtet hätte, kurz vor dieser neuartigen Grenzerfahrung, und sich nicht ohne Grund gefragt hätte, ob sie diese überleben werde. Im Roman starb Sashas Kind. Christine hatte nicht unbedingt Angst, aber sie konnte sich einfach nicht vorstellen, was in den nächsten Stunden auf sie zukommen würde. Wenn sie zur Schwangerenberatung ins Krankenhaus ging, waren ihr manchmal neue Mütter entgegengekommen, unterwegs zu einem wartenden Auto oder Taxi, gefolgt von Krankenschwestern, die in weiße Tücher eingehüllte Babys trugen. Christine hatte keine Freundinnen mit Babys; sie wusste nicht, was es bedeuten würde, für ein eigenes weiß eingewickeltes Bündel verantwortlich zu sein.

Sie hatte ein-, zweimal zum Telefon gegriffen, um Alan anzurufen, doch, noch bevor sie die Nummer fertig gewählt hatte, auf die Gabel gedrückt. Es war immer geplant gewesen, dass er bei der Geburt ihres Kindes dabei sein sollte, aber zum ersten Mal war ihr die Vorstellung seiner machtvollen Präsenz unangenehm: Er war ein großer, dicker Mann mit dröhnender Stimme und gewelltem grau meliertem Bart, ein Historiker und Marxist. »Das schaffe ich allein«, hatte sie sich an diesem Morgen gesagt, während sie auf die Abstände achtete, in denen die kleine Schmerzglocke immer lauter und heftiger ertönte. Es war, als hätte sie bei der ersten Ankündigung von Thomas' nahender Geburt zu Recht geahnt, dass das begeisterte In-Besitz-Nehmen ihres Sohns die Bande lockern würde, die sie in jenen Jahren ihrer Jugend an seinen Vater gefesselt hatten.

In Christines Dissertation ging es um bestimmte Schriftstellerinnen des frühen zwanzigsten Jahrhunderts. Sie vertrat darin die These, mit ihren Erzählungen und Romanen hätten sich diese Autorinnen von tief in den Fundamenten der traditionellen Belletristik vergrabenen Konventionen gelöst: dass eine gute Geschichte mit einer Hochzeit enden und dass das Liebeswerben, das Männer und Frauen zusammenbringt, der wichtigste Antrieb der Handlung sein müsse. Katherine Mansfields *femmes seules* und Woolfs Einzelgängerinnen stellten einen Bruch dar, der mindestens so revolutionär sei wie der Ikonoklasmus von Joyce und Lawrence. Ende der siebziger Jahre hatten Akademiker noch nicht verinnerlicht, dass man dem Feminismus die Reverenz zu erweisen hatte, und amüsierte Feindseligkeit war noch die Norm. So weigerte sich Alan damals zu lesen, was Christine schrieb. Er sagte, die Nuancen der Hypersensibilität bourgeoiser Damen gingen ihm am Arsch vorbei. Sie hatte diese Einstellung toleriert, zumindest anfänglich; ja, sie hatte sie sogar attraktiv gefunden, als wäre er in seiner verächtlichen Männlichkeit eine Art großer gut aussehender Bär, dessen Wildheit sie sich stellen müsse, um ihn zu zähmen und zu belehren.

Als Thomas vier oder fünf war, hatte er sie einmal gefragt, ob er sterben werde. Sie wusste nicht mehr genau, wo das gewesen war – an einem Strand vielleicht, allerdings nicht an einem Sommertag. Sie assoziierte das Gespräch vage mit einem windigen Spaziergang über helle Kieselsteine, auf denen es sich schlecht gehen ließ, entlang des Meers mit allerlei getrocknetem Strandgut: Algen, Stücke von Plastiknetzen, Vogelknochen. Vielleicht war das auf einem ihrer Ausflüge an die Küste von Norfolk, als Alan und sie noch ein Paar gewesen waren.

Sie musste Thomas getragen haben, denn sie erinnerte sich an sein rutschiges Gewicht auf ihrer Hüfte.

»Keine Angst«, hatte Christine gesagt. »Mach dir keine Sorgen wegen dem Sterben. Bis du groß bist, haben sie vielleicht ein Mittel dagegen entwickelt.«

Sie erinnerte sich, dass Alan abrupt stehen geblieben war. Vielleicht stellte sie Thomas daraufhin ab, und er machte sich mit dem Meermüll zu schaffen.

»Ich glaub's ja nicht, dass du das eben gesagt hast.«

Er lachte, aber sie war sich damals sicher: Er hasst mich. Diese Überzeugung hallte in ihr nach, als wäre auf eine Rüstung geschlagen worden; sie schmeckte Blut und wollte kämpfen.

»Was soll daran falsch sein? Das hab ich mir so ausgemalt als kleines Mädchen.«

»Es stimmt aber nicht.«

»Natürlich nicht. Aber es beruhigt und lässt einen weiterwursteln, bis man alt genug ist. So ähnlich wie die Vorstellung vom Himmel.«

»Wenn mich ein Erwachsener je wegen einer so wichtigen Sache angelogen hätte, dann würde ich ihm das, nachdem ich die Wahrheit erfahren hätte, nie verzeihen.«

Einen Augenblick lang erschrak sie über sich selbst und fragte sich, ob er recht habe. Dann berappelte sie sich und spottete:

»So bist du eben, nicht wahr? Es gefällt dir, durch die Welt zu gehen und Leuten nicht zu verzeihen. Dabei kommst du dir bestimmt besonders streng und rigoros vor. Du bist als Kind bestimmt widerwärtig selbstgerecht gewesen.«

Er öffnete den Mund, um etwas zu entgegnen, schloss ihn und strebte mit großen Schritten über den Strand davon. Sie stürzte ihm nach, da sie noch nicht fertig mit ihm war, und riss Thomas aus seiner momentanen Beschäftigung: Er hatte sich gerade Dosenringe an die Finger gesteckt oder mit einem Stock an einer toten Möwe herumgestochert. Ihrer Erinnerung nach kam heftiger Wind auf und zerriss ihre Worte.

»Was würdest du ihm denn sagen? Wo du doch sooo der Wahrheit verpflichtet bist.«

Er wollte ihr gegenüber den Mund halten, doch

der Versuchung, wohlformuliert seine Meinung zu äußern, konnte er nicht widerstehen. Es hatte eine Zeit gegeben, da hätte Christine hingebungsvoll diesen Worten gelauscht.

»Ich würde ihm sagen, ohne den Tod wäre das Leben formlos. Dass Veränderung die bestimmende Kraft des Lebens ist.«

Christine prustete lauthals heraus. »Na prima, versuch's doch mal! Versuch es einfach mal. Was meinst du dazu, Thomas? Dein Daddy sagt, du musst sterben, aber keine Angst: Dafür bekommt dein Leben eine schönere Form.«

Thomas stieß ein ziemlich theatralisches Verzweiflungsmaunzen aus, als hätte er das Interesse an diesem Thema verloren, und kuschelte seinen Kopf vorwurfsvoll an Christines Revers. Alan fand, Christine ermuntere ihn zur Frühreife. Er lief jetzt so schnell vor ihnen her, dass sie ihm nicht folgen konnten, die Schultern in seinem schwarzen Überzieher gegen den Wind gerundet und den Kopf gesenkt, sein Haar wurde nach hinten geweht. Dann drehte er sich eine Zeit lang um und ging rückwärts, das Gesicht ihnen zugewandt und sie betrachtend. Christine konnte sich nicht erinnern, ob dieser Streit das Ende von allem gewesen war oder ob es im Lauf des Nachmittags oder des Abends zu einem Waffenstillstand gekommen war in dem Hotel oder Cottage, wo sie wohnten, und sich die Sache noch etwas länger hingezogen hatte.

Am Morgen nach Thomas' Besuch ging Christine in der Universität die Treppe zu ihrem Büro hoch, als ihr jemand von unten nachgelaufen kam.

»Dr Logan?«

Christine hielt inne und legte den Stapel Bücher und Papiere auf dem Geländer ab; eine junge Frau, deren blonder Kopf zu ihr hochblickte, schloss mit klackernden Absätzen zu ihr auf.

»Dr Logan, dürfte ich einen Augenblick mit Ihnen sprechen?«

Da sie eine Studentin erwartete, die eine Frage zu einer Seminararbeit hatte, dauerte es ein paar irritierende Sekunden, bis Christine begriff, dass der blonde Kopf Anna, Thomas' Freundin, gehörte, die sie seit drei Jahren kannte. Allerdings gab es auch keinen Grund, warum Anna, die in der Kostümabteilung der English National Opera arbeitete, auf dem Campus auftauchen sollte; das hatte sie noch nie getan. So wenig, wie sie Christine je Dr Logan genannt hatte.

»Anna, Liebling, wie schön, dich zu sehen. Was machst du denn hier? Und wie hast du mich gefunden?«

»Ich muss über Tom reden.«

Während sie in ihrer Tasche nach den Büroschlüsseln tastete, kam Christine umstandslos zum Schluss, sie müsse in erster Linie Thomas gegenüber loyal sein, der sich ihr anvertraut hatte. Und so wandte sie sich Anna zu mit einer Miene, die von jeglichem Vorwissen gesäubert war.

»Stimmt was nicht?«

Annas arglos offener Ausdruck war von Kummer gezeichnet wie von einem schwarzen Stiefelabdruck. Sie konnte nicht sprechen, bis Christine die Tür aufgeschlossen hatte und sie drin in Sicherheit waren. Inmitten der Plakate und Zimmerpflanzen setzte Christine nach Annas gleichgültigem Nicken Wasser auf für einen Pfefferminztee. Anna stützte den Kopf in ihre Hände, die groß, rosa und fein wie ihre Ohren waren, mit vom Nähen geröteten Fingerspitzen.

»Er hat was mit einer anderen.«

Immerhin würde Christine nicht vorgeben, sie nicht ernst zu nehmen.

»Erzähl.«

»Ich meine, beweisen kann ich's nicht. Nur so dummes Zeug eben. Dass er spät nach Hause kommt, dass er sagt, er hat dies und das gemacht, und irgendwas daran stimmt einfach nicht. Oder dass er die ganze Zeit gereizt ist mir gegenüber, und dann tut es ihm leid, und er bemüht sich, besonders nett zu sein. Einfach Sachen, von denen ich weiß, so würde er sich verhalten, wenn er anderswo was laufen hätte.«

»Wahrscheinlich ist da gar nichts. Er ist der liebste Junge der Welt, aber ich weiß auch, dass er launisch sein kann.«

»Ich hab gedacht, er hat dir vielleicht etwas gesagt. Ich weiß, dass er gestern bei dir war. Ich habe noch mit niemandem darüber geredet.«

Anna war Christine immer mit zärtlichem Respekt begegnet. Jetzt, rücksichtslos vor Verzweiflung, starrte sie Christine mit weit aufgerissenen blauen Augen an. Die Liebe, diese zerstörerische Form der Liebe, ließ die junge Frau anschwellen, verlieh ihr eine Wildheit und Autorität, die Christine noch nie an ihr bemerkt hatte.

Sie schüttelte mitleidig den Kopf. »Er hat von der Arbeit erzählt.«

»Hat er nichts über mich gesagt, das dir irgendwie aufgefallen ist?«

»Er macht sich Sorgen, ob er mit diesem Job das Richtige tut.«

»Ist das alles? Bist du sicher? Ich muss wissen, was in ihm vorgeht.«

»Es langweilt ihn, Briefe einzutüten für jemanden, von dem er nichts hält.«

Anna seufzte und blickte stirnrunzelnd und ungeduldig Christine an oder durch sie hindurch. Sie würde wissen, was sie suchte, wenn sie es gefunden hatte, und das hier war es nicht. Sie war nicht überzeugt, dass Christine die ganze Wahrheit sagte.

Spannung lag einen Augenblick lang in der Luft: Anna drängte auf mehr, und Christine wollte nichts davon wissen.

»Von einer Europareise hat er gesprochen, aber ich weiß nicht, wie ernst ihm damit war.«

»Siehst du, das höre ich zum ersten Mal. Wo in Europa? Wann? Und mit wem?«

»Es ging wohl um einen Urlaub. Budapest vielleicht? Und mit wem? Davon hat er nichts gesagt.«

»Da. Siehst du?«

»Na ja, einfach nur er allein, hab ich gedacht.«

Anna erhob sich von dem Bürostuhl und blickte aus dem Fenster nach unten auf nichts: ein Niemandsland zwischen dem Gebäude der Geisteswissenschaften und dem der Sozialwissenschaften mit ein paar Bänken und jungen Bäumen. Sie war groß, ebenso groß wie Christine, aber mit einer ganz anderen Figur: hoch sitzende, volle, runde Brüste; eine schmale, umspannbare Taille; lange, schlanke Oberschenkel, wie bei einem graziösen, schnell laufenden Wesen, einer Gazelle. Zwischen dem kurzen, abgeschnittenen Top und dem absurd tief sitzenden Hosenbund erstreckte sich makellose goldene Haut, die sich hinten zu einem süßen Po rundete. Die Kleidung war unwichtig, was den Raum dominierte, war Annas jugendliche Nacktheit. Fast sehnsüchtig war sich Christine all der Piercings von Anna bewusst, auch wenn diese ihr den Rücken zuwandte: Goldringe mit kleinen rubinroten Perlen in der Nase und im Bauchnabel. Diese jungen Frauen wussten nicht, was sie hatten. Sie litten, weil sie Thomas nicht behalten konnten, doch dafür gehörte ihnen der Kampf um ihn, das Spiel vom Verfolgen und Verfolgtwerden, dass sie ihn zuweilen in Besitz nehmen konnten, und zwar leibhaftig. Und solang dieser Gedanke währte, kam Christine dieser an sich gerissene Besitz wie das Einzige vor, für das es sich zu leben lohnte: eine Möglichkeit der Freude, die für die Mütter dieser Kinder nicht mehr zu haben war.

Anna wandte sich vom Fenster ab. Ihr Gesicht war hässlich gerötet und tränenüberströmt.

»Was würdest du tun?«

»Ich würde ihn fragen«, sagte Christine sofort. »Glaubst du nicht, dass er dir die Wahrheit sagt?«

»Doch«, sagte Anna tonlos, »vermutlich schon.«

Zu Hause traf Christine die Vorbereitungen für ein Omelett zum Abendessen. Sie wusch Salatherzen und Rispentomaten; sie hobelte Gurken und rührte eine Vinaigrette an. In ein Stück Butter drückte sie Petersilie und Zitronensaft und sautierte in einer Pfanne etwas Dosenthunfisch mit fein gehackten Schalotten. Als all das so weit war, schlug sie in einer Schüssel die Eier auf, um sie zu verrühren. Das zweite Ei war faul. Es fühlte sich seltsam an, die Schale war dünn und schorfig, doch als Christine dies begriff, war es bereits zu spät: Sie hatte das Ei am Schüsselrand aufgeschlagen, und durch ihre Finger rann übler grünlicher Glibber, der nicht die Konsistenz von Eiweiß hatte, sondern dünn wie Wasser war. Fauliger Gestank breitete sich wild und rücksichtslos in der Küche aus.

Christine war hilflos. Sie drückte Mund und Nase gegen den Ärmel und zog die Schalenhälften nicht weiter auseinander; sie wollte nicht hineinschauen. Die Sauerei war zu furchtbar, der Gestank zu entsetzlich, als dass sie das Ganze den Ausguss hätte hinunterspülen können: Es hätte noch stundenlang nicht nur sie, sondern vermutlich auch die Nachbarn heimgesucht. Sie fand ein leeres Erdnussbutterglas mit Deckel, das sie zum Recyceln aufgehoben hatte, kippte die ganze Schweinerei hinein und drehte den Deckel zu, ohne genau hinzusehen. Dann rannte sie aus ihrer Wohnung die Treppe hinab zu den Mülltonnen, wo sie das Glas tief unter den Abfallsäcken verbarg.

Wieder oben, riss sie alle Fenster auf, obwohl es regnete, und ließ minutenlang Wasser durch den Ausguss fließen. Sie behandelte die Eierschüssel und den Lappen, mit dem sie ein paar Tropfen Ei von der Ablage gewischt hatte, mit Bleichmittel; und im Bad wusch sie ihre Hände wieder und wieder. Doch jedes Mal, wenn sie sich die Finger unter die Nase hielt, fühlte sie sich immer noch von dem Geruch verfolgt. Der bloße Gedanke an das restliche Abendessen ekelte sie, und so kippte sie den Salat und den Thunfisch in den Müll. Sie wusste, dass das irrational war; sie sollte eine Freundin anrufen und sich über ihre kleine Katastrophe lustig machen, vielleicht ausgehen, um etwas zu trinken und zu essen. Doch stattdessen gab sie sich dem Schmollen hin, seitlich auf dem Sofa liegend, die Hände zwischen den Knien. Aus dem Nichts überfiel sie der Gedanke, dass irgendwann das letzte Mal sein werde, dass sie jemanden nach Hause nehme, um mit ihm ins Bett zu gehen. Noch nicht jetzt, vielleicht noch jahrelang nicht, doch irgendwann würde es so weit sein, auch wenn sie dies wohl erst hinterher begreifen würde.

Wie konnte sie Thomas' beide Frauen beneiden? Wer wollte schon eine der beiden albernen Anns sein und sich nach ihm verzehren? Oder Alan, der seinen Bart abrasiert und sein silbriges Haar ganz kurz geschnitten hatte in der Hoffnung, das Abenteuer der Leidenschaft noch einmal von vorn zu beginnen? Da war sie doch so viel glücklicher, es brauchte so viel weniger Zeit und Energie, Thomas' Mutter zu sein: eine Beziehung, die auf einer einzigen, unveränderlichen Wahrheit beruhte. Vor ihrem spektakulären Bogenfenster warf der Wind lange, zerfetzte Regengüsse über die Fassaden und rüttelte so an den Schildern der Makler, dass sie in verrückter Ekstase flatterten. Christine sagte sich, sie sei froh, dass sie sich auf dieser Seite der Fensterscheibe befinde, doch sie lag lange still auf ihrem Sofa, und nach einer Weile wandte sie der Aussicht den Rücken zu.

Meeresleuchten

Die Cooley-Jungs verbrachten ihre Sommer immer im Cottage in West Wales. Sie hatten ein Boot, also waren sie die meiste Zeit auf dem Wasser, oder sie spielten Cricket am Strand, oder sie halfen ihrer Mutter dabei, das Cottage zu renovieren. In dem Sommer, als Graham dreizehn war, verbrachte seine Mutter ganze Tage in Shorts, T-Shirt und alten Turnschuhen auf dem Dach und erneuerte die Schieferplatten. Ihr Vater zog jeden Tag alleine los und malte Landschaften.

In diesem Sommer herrschte das übliche Kommen und Gehen von Freunden und Verwandten, die entweder auch im Cottage wohnten oder in dem winzigen, sehr einfachen Chalet auf der anderen Seite der Wiese. Grahams Mutter hatte es für Besucher zurechtgemacht, die im Haus keinen Platz mehr fanden. In diesem Chalet wohnte Claudia mit ihrer Familie: Die Cooleys kannten sie nicht besonders gut, ihr Mann war Techniker im Labor von Grahams Vater an der Universität. Ihre Kinder waren zu klein für die Spiele der Cooley-Jungs.

Zu Beginn beachtete Graham Claudia nicht mehr als all die anderen, die auf der weit entfernten Erwachsenenseite der Welt in sein Blickfeld schwammen und wieder verschwanden. Dann aber begann sie ihm eine ganz besondere Art der Aufmerksamkeit zu schenken. Als vierter von fünf Brüdern war er schon überrascht, wenn die Freunde seiner Eltern sich daran erinnerten, welche Schule er besuchte und wie alt er war. Claudia, diese erwachsene Mutter von drei Kindern, machte es sich zum Prinzip, sich neben ihn zu setzen. Wenn sich alle auf die Rückbank des alten Dormobile-Campers quetschten oder sich zum Essen um den Tisch im Cottage oder abends im Wohnzimmer zum Karten- oder Monopoly-Spielen versammelten, platzierte sie sich einfach neben ihn und ließ dann das Gewicht ihres Beines gegen seines sinken. Meistens hatten alle nackte Beine: Er war immer noch so jung, dass er kurze Hosen trug, auch an kühleren Tagen, und bei Frauen waren zu dieser Zeit kurze Röcke in Mode. Sie rasierte ihre braun gebrannten Beine (seine Mutter nicht): Er sah und spürte die Stoppeln. Manchmal begann sie nach einer Weile fast unmerklich zu drücken, nur ganz leicht. Immer hätte es auch ein Versehen sein können.

Wahrscheinlich tat sie das schon eine ganze Weile, ehe er es überhaupt bemerkte. Er war dreizehn, Sex hatte er bisher kaum im Sinn, jedenfalls nicht als eine körperliche Möglichkeit, als etwas, das er mit anderen Menschen haben könnte. Und selbst als er es bemerkt hatte und fortan immer ein wenig nervös und ängstlich darauf wartete, dass sie sich einen Platz suchte, war er zunächst nicht sicher, ob er sich das alles nur einbildete.

Von nun an achtete er die ganze Zeit auf Claudia, ja er achtete kaum mehr auf etwas anderes. Sie war mollig und blond, hübsch und unordentlich: Er bemerkte, dass ein Knopf ihrer Bluse immer wieder aufging, weil sie über der Brust spannte, und dass ihre Kleidung, die glamourös wirken sollte, zerknittert war, weil ihre Kinder immer auf ihr herumkletterten. Mit einer Badetasche über der Schulter und einem kleinen Kind auf dem Arm kämpfte sie sich Richtung Strand, wobei einer ihrer Lederflipflops immer wieder umklappte, weshalb ihr ein halblautes »Shit« entfuhr. Einmal hörte er, wie sie ihren Mann anfauchte, als sie versuchte, das Taschenbuch zu lesen, das sie jeden Tag mit an den Strand schleppte, und die Kinder sie andauernd mit Pipi, Essenswünschen oder Streits unterbrachen: »Wenn ich jetzt nicht endlich diesen verdammten Satz zu Ende lesen kann, fange ich an zu schreien!« Grahams Eltern fluchten niemals, solche Worte hörte er sonst nur in der Schule oder von seinen Brüdern.

Claudia war ganz eindeutig eine richtige Erwachsene. Sie dachte an alles, was ihre Familie für den Strand brauchte: Schwimmsachen und Handtücher, Picknick, Sonnencreme und Wechselklamotten für das Baby, Schläger und Bälle. Sie fütterte und tröstete alle. Eine ihrer kleinen Töchter trat auf eine Qualle und weinte eine halbe Stunde lang, ehe sie auf Claudias Schoß einschlief, während Claudia ihr vom Meerwasser klebriges Haar streichelte. Aber wenn Graham ihr gegen das Meer blinzelnd dabei zusah, wie sie mit seinen Brüdern Badminton spielte – wie sie im rückenfreien Top und mit Schiffermütze stöhnend und rennend den Federball über das Netz schlug –, sah er, dass sie noch jung war; nicht so jung wie er, aber so wie Tim und Alex. Das musste der Grund sein, warum sie immer noch verrückt genug war, sich ihm gegenüber so zu benehmen. Bei Tim oder Alex hätte sie das nicht bringen können, weil es dann zu echt gewesen wäre. Sie hätte sich eingestehen müssen, was da lief, denn die beiden hätten es kapiert. Mit ihm dagegen war das so weit abseits alles Möglichen – es konnte einfach nicht sein.

Am Strand gab es keine Situationen, in denen man aneinandergedrängt wurde. Aber sie fand andere Möglichkeiten: Er spürte, wie ihn ein sandiger, rauer Zeh berührte oder wie die Haut ihres Arms an seiner Schulter glühte, wenn sie an ihm vorbei Sandwiches weiterreichte. Es war so subtil, dass auch dem aufmerksamsten Beobachter nichts aufgefallen wäre: eine Reihe von unschuldigen Zufällen, nur dadurch verbunden, dass ihm ihre Berührungen brennend bewusst waren.

Von außen betrachtet war sie besonders nett zu ihm, fragte ihn nach der Schule oder nach seiner Meinung zu allem, worüber die anderen gerade sprachen, über das Boot, das Wetter. Sie wählte ihn aus, um sich die Regeln von Racing Demon erklären zu lassen; er musste die ersten paar Runden mit ihr zusammen spielen. Als sie sich aufgeregt über den Tisch beugte, um zu sehen, was ausgespielt wurde – sie war kurzsichtig, trug aber ihre Brille nicht –, drängte sie ihn in die Ecke, und er roch ihren Schweiß. Seine Mutter bedankte sich bei ihr, dass sie Graham aus der Reserve lockte. Er hatte im Familiengefüge die Rolle des Schüchternen: Alex war der Schlaue, Phil der Sportliche und so weiter …

Mit der Zeit konnte er seine Mutter kaum mehr ansehen. Sie war wie ein summender schwarzer Raum, wo zuvor etwas Vertrautes, Unhinterfragtes gewesen war: Er konnte nicht gleichzeitig an sie und Claudia denken. Voller Leidenschaft begrüßte er alles, was Claudia anders machte als seine Mutter: Sie gähnte, wenn seine Mutter empört über Naturschutz oder Bürokratie dozierte, das Familienessen kam oft aus der Dose (die Küche im Chalet war primitiv, aber seine Mutter hätte langsam geschmorte Schonkost zubereitet), sie flirtete mit seinem Vater und beugte sich über ihn, um sich anzusehen, was er an diesem Tag gemalt hatte. Sie rauchte. Sie trug Lippenstift und Farbe auf den Augenlidern, sie roch nach Parfüm und gab bereitwillig zu, dass sie keine Zündkerze wechseln konnte, ganz zu schweigen vom Neuverkabeln eines Hauses (was Grahams Mutter im vorigen Sommer im Cottage gemacht hatte).

Eines Abends – dem letzten, den Claudias Familie im Cottage verbrachte – herrschte Hochwasser: Der ganze flache, sandige Grund der Senke, durch die sie normalerweise zum Strand spazierten, war vom Meer überflutet. Sie machten ein Lagerfeuer, brieten Würstchen und Kartoffeln und fuhren der Reihe nach mit einem Ruderboot raus. Das Wasser war seicht und ruhig; dort, wo sonst der Fluss war, musste man auf die Strömung aufpassen, doch seine Mutter hielt nichts davon, die Kinder zu sehr zu behüten. An diesem Abend war das Wasser von Meeresleuchten erfüllt, kleine Lebewesen, die im Dunkeln schimmerten: eine von Enzymen katalysierte chemische Reaktion, wie ihr Vater ihnen erklärte.

Graham fuhr mit Claudia und ihren Töchtern raus: Sie saß ihm gegenüber, während er ruderte, und die zwei kleinen Mädchen kuschelten sich an sie und waren ausnahmsweise mal ganz still. Jedes Mal wenn er die Ruder aus dem Wasser hob, tropfte flüssiges Licht in die Dunkelheit hinab, und wo die Ruder wieder ins Wasser tauchten, schlugen sie helle Löcher und sandten gekräuselte Lichtwellen aus. Im Dunkeln zog Claudia die Schuhe aus und legte ihre Füße auf seine. Er ruderte barfuß, seine Flipflops lagen im Sand. Er führte die Ruder mit vollkommen regelmäßigen Zügen, vor und zurück, wie in Trance, bis irgendwann die anderen vom Strand aus nach ihnen riefen: »Komm schon, du Idiot! Gib das Boot ab, lass mal jemand anderen ran!«

Und die ganze Zeit über strich sie mit ihren Füßen über seine; er spürte die dicke Hornhaut an ihren Fersen und Fußballen, ihre braunen gespreizten Zehen, den harten Nagellack und den reibenden Sand, der vom feuchten Boden des Bootes an ihren Knöcheln und Unterschenkeln klebte.

Dann am nächsten Tag reiste sie ab, und er litt. Zum allerersten Mal wie ein Erwachsener – heimlich.

Über fünfundzwanzig Jahre später, als Graham selber Kinder hatte, sah er Claudia wieder. Das

Oberstufen-College, an dem er unterrichtete, wurde hin und wieder außerhalb der Unterrichtszeit vermietet: Eines Freitags musste er wegen einer Sitzung länger bleiben, und als er gerade gehen wollte, kamen ihm Teilnehmer irgendeiner Konferenz entgegen. Sein Blick fiel auf die Tafel im Foyer: ein Kurs über Lebensmittelhygiene. Die Frau, die auf der Außentreppe direkt auf ihn zukam, die Kursunterlagen an die Brust gepresst, und selbstsicher mit einer Freundin plauderte, war dicker und gepflegter (alle ihre Knöpfe waren zu), und ihr schulterlanger Bob schimmerte komplett grau. Aber sie war es ganz eindeutig: das kampfeslustige Kinn, die Stupsnase, der breite Mund. All das hatte er jahrzehntelang vergessen, und jetzt fügte es sich wieder zu ihren unverwechselbaren Zügen zusammen.

In dem Augenblick, als sie an ihm vorbei war, kamen ihm Zweifel. Er bildete sich nur etwas ein; irgendeine Gesichtspartie einer Fremden hatte eine Erinnerung in ihm wachgerüttelt, von der er nicht wusste, dass sie noch in ihm schlummerte. Er drehte sich um und sah, wie sie durch die Schwingtür trat. Dann kam eine weitere Frau mit Unterlagen die Treppe hochgeeilt und sah an ihm vorbei: Sie hatte jemanden entdeckt, den sie kannte. »Claudia!«, rief sie. Und die grauhaarige Frau wandte sich um.

Seine Frau hatte sich an diesem Abend mit ihren Freundinnen einen Film angesehen. Als sie nach ein paar Drinks in der Bar des Kulturzentrums nach Hause kam, ungestüm und defensiv zugleich, erzählte er ihr von Claudia. Er hatte Hausarbeiten seiner Schüler korrigiert und sah jetzt, wie sie einen Blick auf die leeren Kaffeetassen auf dem Tisch warf, als wären sie eine Ermahnung, wie pflichtbewusst er im Gegensatz zu ihr war. Puritanisch, wie sie es nannte.

Er war sich nicht ganz sicher, warum er ihr ausgerechnet jetzt von Claudia erzählte. Carol hatte vor Jahren darauf bestanden, ihm alle ihre Erfahrungen mit Männern zu gestehen, aber er hatte das alles gar nicht wirklich wissen wollen, nicht aus Eifersucht, sondern aus echtem Gleichmut: Solche Dinge konnte man sowieso nicht teilen. Sie beugte sich vor, um die Tassen abzuräumen, und er roch den Wein in ihrem Atem: Er stellte sich vor, wie sie sich wie üblich bei Rose und Fran darüber beklagte, dass das Einzige, wofür er sich wirklich begeistern konnte, Quantenmechanik und Quarks seien. Dann fühlte er sich, als habe er ihr etwas vorenthalten, ein Wissen, ohne das sie angreifbar war.

Als sie zusammen im Dunkeln im Bett lagen, begann er zu erzählen. Ihr gefiel seine Geschichte nicht. Zuerst glaubte sie ihm nicht. »Oh, aber

Gray! Das hast du dir eingebildet! Warum sollte eine erwachsene, vernünftige Frau mit einem …«

Dann stand sie auf, schaltete das Licht an, setzte sich an den Kosmetiktisch und cremte ihr Gesicht ein. Nüchtern und schnell, als hätte sie es vor dem Zubettgehen vergessen, massierte sie die Creme in Gegenrichtung zu allen hängenden Hautpartien mit den Fingerspitzen ein und konzentrierte sich wütend auf ihr Spiegelbild.

»Aber was würdest du denn denken, wenn du das hören würdest … Wenn du von einem Mann hörst, der das mit einem dreizehnjährigen Mädchen, mit deiner eigenen Tochter, mit Hannah macht? Was würdest du dann denken? Es ist *grauenhaft*.«

Er sagte ihr nicht, dass er Claudia wiedergesehen hatte.

An ihre Adresse kam er ganz einfach, indem er den Kursleiter anrief. Zweimal fuhr er in seiner Mittagspause zu dem Haus, aber niemand war da. Es lag versteckt in einer kleinen Straße mit Kutscherhäuschen, ein eckiges georgianisches Haus mit modernem Glasanbau: Als er reinlugte, sah er türkische Teppiche auf gepflastertem Boden, abstrakte Gemälde an den Wänden, eine riesige weiße Papierkugel als Lampenschirm. Er glich die Adresse mit seiner Notiz ab, um sicherzugehen, dass er richtig war: Alles an dem Haus verstrahlte dezenten Wohlstand, weit mehr als sich ein Labortechniker oder auch ein College-Lehrer hätten leisten können.

Beim dritten Mal ging er nach der Schule vorbei, und ein pflaumenfarbener alter Jaguar parkte auf dem Vorplatz unter einem blühenden Kirschbaum, der die Motorhaube mit Blütenblättern schmückte. Claudia öffnete die Tür. Sie trug einen Batik-Kimono, und er konnte noch die gerade gelöschte Zigarette riechen.

»Claudia? Ich bin Graham Cooley.«

Sie hatte nicht den leisesten Schimmer und kramte halbherzig in ihrem Gedächtnis, während sie ihm die hingestreckte Hand schüttelte.

»Es ist schon lange her. Wir haben zusammen Ferien gemacht, und du hast in unserem Chalet in West Wales gewohnt.«

»O Cooley! Das ist ewig her! Meine Güte! Ich glaube, ich erinnere mich. Die Familie mit den ganzen Jungs. Welcher warst du? Aber das war ja in einem anderen Leben! Wie merkwürdig. Und du bist natürlich erwachsen geworden.«

Sie trat noch immer nicht von der Tür zurück, um ihn hereinzubitten, sondern bewachte stur irgendein kleines intimes und friedliches Ritual, das er unterbrochen hatte. Von Nahem konnte er erkennen, wo die Haut unter dem Kinn schlaff wurde, und dass sie von zu viel Sonne Fältchen um die Augen hatte.

Er ließ sich nicht abwimmeln. Voller Bedenken – was konnte er nur wollen? – und obwohl sie Mühe hatte, sich an irgendetwas über seine Mutter und seinen Vater zu erinnern, über das man hätte plaudern können, ließ sie ihn ein, kochte Kaffee und platzierte ihn auf einen Stuhl aus hellem Holz und Chromröhren. Sie saßen in dem verglasten Zimmer, sie ihm gegenüber. Der Kaffee war gut, starker Espresso.

»Nun, was ist aus dir geworden, Graham?«, fragte sie. »Deine ganze Familie war so unglaublich begabt, nicht wahr? Fast beängstigend. Wie geht es deinen Brüdern? Warst du der dritte? Tim hieß einer, oder? Und Paul?«

»Nicht Paul«, sagte er, »Philip. Ich war der vierte.« Er streckte den Arm aus – der Chromstuhl sah zwar komisch aus, war aber bequem und solide – und legte seine Hand schwer über dem Knie auf ihr Bein. Sie hatte einiges zugelegt, war ziemlich drall zwischen Brust und Hüfte, aber ihr Fleisch war kompakt und warm. »Erinnerst du dich nicht? Wirklich nicht?«

Sie erstarrte. Sie sah ihn bestürzt an und dachte zuerst nur: Wer ist das bloß, wie kriege ich ihn hier raus, und warum habe ich ihn überhaupt hereingelassen, obwohl ich es hätte besser wissen müssen? Aber als er dann ihren Blick suchte, öffnete sich etwas hinter ihren Augen, irgendein schützender

Vorhang, und die Erinnerung durchfuhr sie, erfüllte sie, färbte ihre Haut immer röter, ließ ihren Körper erschlaffen, füllte sogar ihre Augen mit Tränen. »O doch«, sagte sie. »Oh … oh, also wusstest du es doch. Mein Gott, ich habe mir im Nachhinein eingeredet, dass du es nicht bemerkt hast, dass es nur meine eigene Phantasie war … Und jetzt, also, ich habe es einfach vergessen, alles vergessen. Es ist Jahre her, seit ich zuletzt an diesen Sommer gedacht habe …«

»Du erinnerst dich?«

»Nun ja, wie schrecklich. Ich dachte aber wirklich, dass du es nicht verstanden hattest, dass alles nur meine grauenhafte Idee war.«

»Aber im Boot …«

»Im Boot? Im Boot? Was habe ich im Boot getan? Oh, sag nichts, bitte, ich will es nicht wissen. O Gott, ich kann es nicht erklären, es gibt keine Erklärung. Als mein eigener Sohn in dieses Alter kam, dachte ich immer, dieser Junge … Es war so ein scheußlicher Sommer, Don und ich … Ich weiß noch, ich saß immer am Strand und träumte davon, ihn mit dem Küchenmesser zu zerfleischen. Armer Don. Er war wirklich nicht so übel. Den ganzen Sommer zusammen in dieser dämlichen Hütte eingepfercht.« Sie sah ihn erschrocken an. »Du weißt, dass Don und ich getrennt sind? Nein, natürlich nicht, woher auch? Aber das war in einem anderen

Leben. Mein Mann ist Architekt. Wir haben zusammen noch eine Tochter, insgesamt habe ich vier Kinder …« Sie zählte ihm das alles auf, als schulde sie ihm eine Erklärung.

»Sind die Kinder in der Schule?«

»In der Schule?« Wieder wurden ihre Augen feucht, ihr schlaffer Mund verzog sich zu einem Lächeln, sie nahm seine Hand von ihrem Knie. »Ich bin Großmutter. Ich habe zwei Enkelkinder. Die Tochter, die du nicht kennst – sie ist in der Abschlussklasse der Kunstakademie. Du siehst, ich bin eine alte Frau. Grauenhaft, nicht wahr? O Gott, das ist alles fürchterlich. Lass uns was trinken.«

Sie schenkte ihnen beiden eine ordentliche Portion Scotch ein.

»Aber du hast immer noch denselben Namen, so habe ich dich auch gefunden.«

»Ich wollte dieses ganze Theater nicht, den Namen meines Mannes annehmen und so weiter. Ich wollte beim zweiten Mal alles anders machen. Aber ob es jetzt so anders ist, diese Mann-Frau-Geschichte, das ist einfach schwierig …« Sie prosteten sich zu, und sie lief sehr rot an. »Hast du mir vergeben? Ich habe nicht dein Leben ruiniert oder so? Ich schäme mich wirklich entsetzlich. Das tat ich schon direkt danach; und dann habe ich angefangen mich zu fragen, ob ich wirklich etwas so Abscheuliches getan haben könnte. Ich dachte, vielleicht habe ich es nur geträumt. Aber natürlich habe ich nicht damit gerechnet, dich jemals wiederzusehen, oder dass wir einander erkennen. Wir haben jahrelang im Norden gelebt.«

»Ich habe dich erkannt. Ach übrigens, warum eigentlich Lebensmittelhygiene?«

Wieder hatte sie keine Ahnung, was er meinte. »Oh! Lebensmittelhygiene!« Im Kopf ging sie die Gesichter im Kursraum durch. »Warst du bei der Konferenz? Ja – ich bin Teilhaberin eines französischen Restaurants in Kingsmile.«

Sie leerten ihre Whiskys schnell, und Claudia schenkte mit zitternden Händen nach. Sie sah ihn versöhnlich an. »Du siehst gut aus«, sagte sie. »Ich hatte schon immer einen guten Geschmack, was Männer angeht. Oje. Aber es ist alles okay, oder? Du bist nicht gekommen, um mich zu bestrafen oder so was?«

»Nein«, sagt er. »Das ist das Letzte, was ich tun würde.«

Und dann, als er begann, sie zu küssen und seine Hände unter ihre Kleider zu schieben, tat er es ohne Scheu, als hätte er ein Anrecht darauf. Und sie ließ es geschehen, beobachtete ihn, sagte: »Bist du wirklich sicher? Ich hätte nicht gedacht, dass jemand das noch von mir wollen könnte, ich meine, kein Fremder.«

»Ich bin kein Fremder«, sagte er.

»Für mich schon. Auch nach allem, was du erzählst. Ich erinnere mich nur schwach. Aber natürlich nicht an dich. Ich erinnere mich an einen Jungen, verstehst du? Ich habe dich noch nie gesehen.«

Aber sie hielt ihn nicht zurück. Trotz seiner Entschlossenheit betrachtete sie ihn immer wieder voller Neugier, eine Neugier wie seine eigene, unnachgiebig, gierig und voller Scham.

Carol riss die Tür auf, als er seinen Schlüssel ins Schloss steckte.

»Wo bist du gewesen? Ich war völlig außer mir. Ich habe alle Krankenhäuser abtelefoniert, dein Essen ist hinüber, die Kinder …«

»Carol, habe ich es dir nicht gesagt? Wir hatten mündliche Prüfungen, es hat sich stundenlang hingezogen. Das habe ich dir doch sicher gesagt. Ich sagte, dass ich mir ein Sandwich hole.«

»Aber ich habe im College angerufen, und niemand ist rangegangen.«

»Liebes, es tut mir leid … Das Telefon steht im Büro, aber da war niemand. Es tut mir leid, vielleicht habe ich wirklich vergessen, es dir zu sagen. Ich war mir so sicher, dass ich es erzählt habe. Lass mich rein und die Kinder ins Bett bringen, damit du es nicht machen musst.«

Sie starrte ihn an. »Das passt überhaupt nicht zu dir. Normalerweise bist du so gut organisiert. Aber ich kann mich echt nicht erinnern, dass du mir das gesagt hast. Und ist es nicht noch ein bisschen früh für diese Prüfungen? Du hast ja noch nicht mal alle Arbeiten korrigiert.«

Einen Augenblick lang war er sich sicher, dass sie einen Geruch an ihm wahrnahm, die Blendung erkannte, die an ihm hing, von ihm tropfte, durch seine Adern rauschte. Aber er sah, wie sie diese Ahnung gezielt beiseiteschob, aus ihrem Bewusstsein verbannte. Das hier war ihr Ehemann, der Mann, den sie kannte. Er war Physiklehrer und spielte Schachturniere, nicht wahr?

Der Eierstein

Wir fanden den Eierstein gleich am ersten Nachmittag des Schullagers.

Sobald wir unsere Sachen in die großen kakifarbenen Zelte geworfen hatten, jedes davon mit acht Metallbetten in zwei Reihen ausgestattet, führte uns der Lehrer zum Meer. In Socken und Sandalen liefen wir über den knirschenden Spülsaum aus spröden schwarzen Algen, Gräten und ausgewaschenem Plastik: Es war Flut, das graue, leicht schäumende Wasser nagte mit kleinen, sich kräuselnden Wellen an dem dünnen Kiesstreifen, der vom Strand noch übrig war. Vorerst durften wir nicht näher ans Wasser. Die Kiesel knirschten und verschoben sich unter unseren Sandalen. Die Jungs begannen sie ins Meer zu werfen; wir suchten dazwischen nach Schätzen wie den seidigen Spiralen alter Meeresschnecken und Stücken von rund geschliffenem Glas.

Ihre Hand und meine fanden den Eierstein genau

im selben Moment, unsere Finger berührten sich, und damit war es besiegelt: Für die Dauer der Ferien gehörte ich ihr und sie mir. Zuvor waren wir nie befreundet gewesen. Ich verdiente sie nicht; sie war erst seit ein paar Monaten an der Schule, aber ihr Status war klar: Vom ersten Tag an saß sie am Tisch der beliebten Mädchen. Ich war schlau, aber sie war blond, zierlich und anmutig mit ihrer zarten rosafarbenen Haut, durch die das Licht fast hindurchzuschimmern schien. Ihr Mäppchen war voll mit genau den richtigen Filzstiften, und sie gehörte mit den anderen beliebten Mädchen zu dem Country-Dancing-Team, das »Puppet on a String« aufführte und nicht »Trip to the Cottage«.

Selbst ihr Name war hübsch: Madeleine. Ich wollte nichts, als sie bewundern.

Sie wirkte zerbrechlich, war aber stark. Sie war es, die dem Stein seinen Namen gab und ihn mir auf ihrer Handfläche hinhielt, damit wir ihn uns teilen konnten. Er war klein, eiförmig und mattschwarz und hatte genau an der Stelle, wo man ein Frühstücksei köpfen würde, einen Ring aus weißen Kristallzähnen. Wäre er nicht direkt bei seiner Entdeckung der »Eierstein« geworden, wäre er nichts Besonderes gewesen. Es gab Hunderttausende ebenso interessanter Steine.

Madeleine startete diesen Kult, aber ich baute ihn aus. Abwechselnd durften wir den Stein aufbewahren; wer gerade dran war, wurde durch verschiedene ritualisierte Wettbewerbe entschieden, wie etwa einem Himmel-und-Hölle-Spiel, dem Köpfen von Spitzwegerich oder einer Art Ringkampf, den wir selbst erfanden: Wir knieten voreinander, der Stein lag zwischen uns, und wir wanden uns eng umschlungen hin und her, mit dem Ziel, dass die andere den Boden berührte. Vor jedem Wettkampf gab es einen Zauberspruch: So etwas wie »Eierstein / ganz allein / doch nur mein / Licht, das uns erschein«. Wahrscheinlich habe ich den Spruch erfunden (obwohl es auch was von einem Kirchenlied hatte, das wir in der Schule sangen). Ich stand im Ruf, eine Dichterin zu sein; Madeleine dagegen gehörte zu den Mädchen, die alle Lieder auswendig sangen, alle Gummitwist-Reime und sämtliche Varianten von Abzählversen wie »Ich und du« kannten.

Solange man den Stein hatte, fühlte man sich privilegiert und sicher. Ihn glatt, gewärmt und widerstandsfähig in der Hand zu spüren, wurde selbst schon zum Ziel, ein wahrer Genuss. Diejenige, die ihn gerade nicht hatte, sehnte sich nach ihm, bis es Zeit war für den nächsten Wettkampf. Ein-, zweimal schummelte Madeleine, schob ihre Hand in meine Tasche, holte sich den Stein ganz ohne Wettbewerb und zeigte mir mit ihrem kurzen strahlenden Lächeln, dass jeder Anschein von Fair

Play immer nur eine Gefälligkeit ihrerseits war. Dann war ich empört und hilflos, wieder zurückgeworfen auf ein Ich, das ohne sie nicht mehr vollständig war. Aber größtenteils ging die Übergabe des Steins freundschaftlich vonstatten, wie eine ganz spezielle Verbindung zwischen uns. Wenn wir herumspazierten, legten wir uns die Arme um die Schultern, und Madeleines sonstige Freunde nahmen mich großzügig in ihren Zirkel auf. Nachts wechselten wir uns mit dem Stein ab, im Dunkeln, in unseren Schlafsäcken (wir schliefen in verschiedenen Zelten).

Der Kult um den Eierstein war nicht seltsamer als all die anderen Seltsamkeiten dieser Woche weit weg von zu Hause. Kummer und Staunen gingen nahtlos ineinander über: Wir alle mussten der Reihe nach bei der gewaltigen Essenszubereitung in der Küche helfen, um Kinder aus sieben Schulen zu verpflegen; Madeleine und ich, wie wir Hand in Hand durch die knöcheltiefe, lauwarme Gischt wateten; mit Wasser zubereiteter Kakao aus Blechtassen; das Grauen vor den schlecht abgeschirmten Toiletten und die daraus resultierende Verstopfung. Manche der Mädchen (Madeleine, aber nicht ich) schlichen sich nachts raus und küssten die Jungs in ihren Zelten. Wir lernten neue Obszönitäten wie etwa »min« und »omo« (so habe ich es zumindest verstanden), was mysteriöserweise auch Namen von Reinigungsprodukten waren. Am letzten Abend machten die Lehrer ein Lagerfeuer und brachten uns Lieder und die entsprechenden Bewegungen dazu bei. *»Indians are high-minded, / Bless my soul they're double-jointed, / They climb hills and don't mind it, / All day long.«* Neben mir berührte Madeleine ihre Zehen und streckte die Arme so anmutig und gelassen in die Luft, als wäre alles, was sie gerade tat, die einzige mögliche elegante Form, sich zu bewegen.

Ehe wir am nächsten Morgen in den Bus nach Hause stiegen, fragte ich sie am Strand, was wir mit dem Eierstein machen sollten. Sie nahm ihn aus ihrer Tasche und wiegte ihn einen Augenblick lang nachdenklich in der Hand; auf ihrem hübschen Gesicht spiegelte sich nichts, weder Häme noch Zärtlichkeit. Ich hatte mir schon etwas überlegt, nämlich dass wir ihn jeweils montags für eine Woche der anderen übergeben und die Ferien aufteilen würden. Ich war nicht naiv genug zu glauben, dass dieses magische Spiel zwischen uns über das Schullager hinaus weitergehen würde. Aber bevor ich den Mund aufmachen konnte, wandte Madeleine sich um und warf den Eierstein kraftvoll und weit, mit einem Selbstvertrauen, das keinen Zweifel daran ließ, dass sie eines Tages Kapitänin des Korbballteams sein würde. Ich hörte, wie er mit einem Klonk zwischen den anderen Kieseln aufschlug, und wusste, dass ich, selbst wenn ich es versuchte, niemals wieder genau denselben Stein finden würde.

Eine Entführung

Jane Allsop war fünfzehn, als sie entführt wurde und niemand es bemerkte. Es geschah in Surrey vor langer Zeit, in den sechziger Jahren, als Eltern noch weniger aufpassten. Sie war aus dem Internat nach Hause gekommen für den Sommer, und Tag für Tag ging die Sonne auf an einem wolkenlosen Himmel, zu dem Jane zwangsläufig das Wort »azurn« einfiel, das sie im Kunstunterricht gelernt hatte. (Sie war nicht besonders klug oder literaturinteressiert, und ihr graute etwas vor neuen Wörtern, die an ihr hängen zu bleiben schienen.) »Azurn« war nicht einfach ein fröhliches Blau, sondern leer, gleißend und grell. Wie ein Keil zwängte es sich jeden Morgen durch den Spalt zwischen Janes geblümten Vorhängen und zwischen ihre Lider, die sie zukniff, um in ihren Träumen bleiben zu können. In einer Familie wie Janes durfte man sich keinesfalls über schönes Wetter beklagen, doch diese Anstrengung machte sich bei Eltern wie Kindern bemerkbar:

Sie waren gnadenlos fröhlich, sehnten sich insgeheim aber nach Regen. Jane stellte sich vor, wie sie es sich mit einer Tüte Lakritz neben einem Fenster gemütlich machte, gegen das der Regen prasselte, und in einem Chalet-School-Buch schmökerte. Ihre Mutter sagte, es sei eine Schande, im Haus zu bleiben, wenn die Sonne scheine, doch draußen konnte Jane sich nicht auf die gleiche Weise in die Lektüre vertiefen: Immer fiel einem da ein extrem perfekt gesprenkeltes Insekt auf die Buchseiten wie eine Erinnerung (Woran? An es selbst.), stach einem eine Wurzel in den Rücken oder bissen einen Ameisen unter den Shorts.

Am Morgen der Entführung schwang Mrs Allsop, die ungepflegt in einem Hemdkleid aus Schlabberleinen auf einer Leiter stand, ihre Gartenschere und beschnitt die Kletterrosen. Sie war unglaublich tüchtig, groß gewachsen, grobknochig, mit einem rosigen freundlichen Gesicht und trockenem gelbem Haar, das vernünftig kurz geschnitten war. Jane bewunderte ihre Mutter sehr, besonders wenn sie sich abends verwandelte für ein Konzert in London oder ein Rotary-Club-Dinner: mit Perlenclips, Lippenstift, Parfüm und einer gerüschten maulwurfsgrauen Satinstola. Jane begehrte diese Stola und legte sie sich um, wenn ihre Mutter beim Einkaufen war; dabei warf sie sich im Spiegel vor Sinnlichkeit triefende Blicke zu, obwohl ihre Mutter keineswegs sinnlich war und Jane immer zu hören bekam, wie ähnlich sie ihr sehe. Sie schien auf jeden Fall die gleiche Figur zu haben: wenig Busen, keine nennenswerte Taille und einen breiten flachen Po.

»Warum rufst du nicht ein paar deiner alten Freundinnen an?«, schlug Mrs Allsop von der Leiter aus vor. »Lad sie zum Tischtennisspielen ein.«

Jane reagierte mit ausweichender Begeisterung. (Sie kannte ihre alten Freundinnen nicht mehr; das passierte eben, wenn man auf ein Internat geschickt wurde.) Sie sagte, sie gehe drin ihr Jokari suchen (einen Gummiball, der mit einem langen elastischen Band an einem Holzsockel befestigt war und den man mit einem Schläger auch allein stundenlang hin und her spielen konnte). In der Familie galten Sport und Körperübungen als sinnvoller Zeitvertreib; alles andere war Müßiggang und Vergeudung wertvoller Zeit. Einzig Janes Bruder Robin war von diesen Vorschriften befreit: Er paukte, um in Oxford angenommen zu werden, deshalb war es ihm erlaubt, den ganzen Tag Bücher zu wälzen, mit mürrischer Miene herumzulaufen und zu klagen, von der Sonne bekomme er Kopfschmerzen. Als Jane in Robins Zimmer streunte (»Schwirr ab, Mücke, meine Schwelle darfst du nicht überschreiten«), lag er zusammengerollt auf der Seite in seinem Bett, die verschränkten Hände zwischen den angezogenen Knien, ohne Brille, ein aufgeschlagenes Buch vor dem Gesicht, während gedämpft eine Pink-Floyd-Platte lief. Es war klar, dass er geraucht hatte. Mrs Allsop rauchte mit einer lässigen Eleganz, die Jane verblüffte, aber nur an den Seidenstola-Abenden oder wenn Freundinnen zum Tee kamen. (Für Robin, der von Kopfschmerzen und Sexphantasien geblendet und gelegentlich von wahnsinnigem Ehrgeiz durchzuckt auf seinem Bett lag, war seine stumm protestierende Schwester – sie stand einfach nur da, bis er aufstand, sie hinausschubste und die Tür hinter ihr zuschloss – eine Heimsuchung aus seiner öden Vergangenheit, als sie sich noch verstanden hatten.)

Jane war lustlos, ihr Geist leer, nur dann und wann flammte darin Unzufriedenheit auf. Irgendwo gingen richtige Kinder gesunden Beschäftigungen nach, lösten die Leinen von Booten, bauten Dämme oder fingen Schmetterlinge, um sie in Dosen ersticken zu lassen (wie sie und Robin es einst im Sommer getan hatten). Sie sollte wie diese Kinder sein, warf sie sich vor; oder sich gründlicher dem Teenagerdasein hingeben wie manche Mädchen in der Schule: Make-up auftragen und wieder wegschrubben, einen Schwarm für Brüder von Freundinnen kultivieren, auch wenn sie die jungen Männer nur von Weitem gesehen hatte, aus der *Jackie* Bilder von Popstars ausschneiden. Jane wusste, dass diese Mädchen ihr voraus waren auf dem schicksalhaften Weg zum Erwachsensein, von dem sie in geheimniskrämerischen Biologiestunden ungenaue Vorstellungen entwickelt hatte. Doch diese Mädchen schienen auch einen Schritt zurück in die Banalität gemacht zu haben, verglichen mit dem, was aus diesem azurnen Tag, diesem spendablen, glühend heißen, ihr auf die sommersprossigen Schultern brennenden und so schwer an den Händen hängenden Tag, werden sollte – wenn sie nur mehr damit anzufangen wüsste.

Sie trug das Jokari durch die Bäume zum unteren Teil des Gartens. Ihre Schwester Frances, die mit ihrer dunklen Haut und ihrem mysteriösen Wesen so ganz anders als ihre Mutter und noch nicht alt genug fürs Internat war, hatte Spielkameradinnen eingeladen. Eigentlich sollten sie gegen Bezahlung mit Löffeln und Plastiktüten die Hasenkötel in der Einfahrt aufsammeln. Stattdessen kauerten alle vier in einem Halbkreis unter den Kiefern, wo sie für ihre Puppen zum Tee gedeckt hatten, mit einem Kiefernzapfen auf jedem Tellerchen und einem Hasenkötel in jedem Tässchen. Jane hörte Frances mit zwei verschiedenen Stimmen im Singsang sprechen, während die anderen ihr gebannt zuschauten.

»Will nicht! Will nicht!«, sagte Frances mit ihrer weinerlichen Stimme.

»Iss das auf«, entgegnete ihre böse Stimme. »Nimm deine scheußliche Medizin!«

Als Jane näher kam, verzogen sich die kleinen Mädchen ins Unterholz, wobei sie ihr feindselige Blicke zuwarfen. Jane stieß die Puppen mit Fußtritten um und warf die Kiefernzapfen, so hoch sie konnte, hinauf ins protzige Himmelsblau zwischen den Baumwipfeln (sie war wurfstark, sagte ihr Vater immer, stärker als Robin); doch selbst beim Gemeinsein war sie nur halbherzig bei der Sache. »Wir hassen sie! Sie ist so hässlich!«, murmelten die Hexenkinder, die sich hinter den kahlen Kiefernstämmen verborgen hielten. Jane fiel wie so oft ein, dass sie einmal bei einer Freundin die schrullige Großmutter zu laut hatte fragen hören, wer »dieses unansehnliche Mädchen« sei. Die Hexen dachten nicht einmal daran, sie zu verfolgen und ihr nachzuspionieren, was immerhin eine Art Spiel gewesen wäre. Sie stellte das Jokari auf ein sonnenverbranntes Stück Gras gleich neben der Stelle, wo die staubige Einfahrt in die Straße mündete. Autos fuhren keine vorbei. Die Straße war eine Sackgasse und führte nur zu weiteren großen Häusern wie ihrem, hinter Bäumen verborgen, manche mit Fachwerk, wobei Jane noch nicht wusste, dass das ein Anzeichen fehlender Echtheit war, andere mit Tennisplätzen, von denen nicht oft das Knallen von Bällen zu hören war.

Sie schleuderte ihre Flipflops von sich und begann resigniert zu spielen. Der Plopp, mit dem der Jokariball auf dem ausgetrockneten Boden aufschlug, beruhigte sie so sehr, dass sie sich überlegte, ihren persönlichen Rekord an ununterbrochenen Treffern zu brechen. (Robins Rekord hatte sie längst hinter sich gelassen.) In ihrer Versunkenheit bekam sie nicht mit, dass ihr Vater den Rover die Einfahrt hinabsteuerte, um die Sonntagszeitungen zu holen: Um Benzin zu sparen, löste er die Handbremse, ließ den Wagen die Einfahrt hinabrollen und startete den Motor erst, wenn er in die Straße einbog. Jane versuchte von ganz unten einen schwierigen Ball mit zu viel Kraft zu retten, als das schnittige Schwarz des Wagens in ihr Gesichtsfeld glitt; offenbar wirkte es, als sei der Ball an seiner elastischen Schnur gezielt und mutwillig gegen das (glücklicherweise geschlossene) Seitenfenster des Autos geschmettert worden. Jäh aus seinen Tagträumen gerissen, empörte sich Mr Allsop unverhältnismäßig heftig über die Untat – schließlich war ja nichts kaputtgegangen. Er hielt das Auto an und trat halb hinaus, um Jane über das Wagendach anzuschreien: Dummes Ding! Hatte sie nichts Besseres zu tun? Dann rollte der Wagen weiter, bedrohlich aufbrummend, sowie er die Straße erreichte; Jane blickte ihm nach und blieb verletzt zurück. Die geistigen Flügel, dank derer sie zu schweben begonnen hatte, stockten, und sie stürzte auf die Erde zurück; dabei hatte sie ihr Bestes gegeben, und eigentlich sollte ihr Vater doch ihr Verbündeter sein, auch wenn sie so verschieden waren. Mr Allsop war wie Frances klein und dunkel, schnell gelangweilt und begabt für Zahlen. Dachte er an Jane, dann durch einen Schleier liebevoller Befürchtung, sie könnte die glatte, unscheinbare Oberfläche ihrer Mutter haben, aber ohne deren kraftvolle Überzeugung.

Mit untypischer Mutlosigkeit ließ Jane den Schläger fallen. Tränen brannten in ihren Augen; die Arme hingen an ihr herab, die Handflächen in einer Geste resignierter Offenheit nach außen gedreht. Was nun, da sogar ihr Versuch, tugendhaft zu sein, misslungen war?

Und so erblickten sie sie. Sie kreuzten Mr Allsops Rover: Er bog von der ungeteerten Straße ab, als sie in diese einbogen. Mr Allsop bemerkte sie, denn er kannte die meisten Autos, die durch diese Straße fuhren, und dieses war ihm weder bekannt noch gefiel ihm, was er sah: ein teures dunkelgrünes sportliches Kabriolett, auf dessen Sitzen zwei langhaarige junge Männer in schmuddeligen Unterhemden lümmelten, während ein dritter sich auf die Gepäckablage dahinter gequetscht hatte und, zu seinen Kameraden gebeugt, etwas vermutlich Übleres als eine Zigarette rauchte. Der Fahrer, der lässig nur eine Hand auf dem Lenkrad hatte, bog in einer Wolke kreidigen Staubs um die Ecke, Kies spritzte unter den Reifen hervor. (Wenn das meine Kinder wären, dachte Mr Allsop, hätten die in meinem Wagen nichts verloren. Dass Robin ein solcher Waschlappen ist, hat also nicht nur Nachteile.) Hätte die Familie je mitbekommen, dass Jane entführt worden war, hätte ihr Vater sich vermutlich an die Fremdlinge erinnert und einen entsprechenden Verdacht gehegt.

Die Jungs waren betrunken und bekifft und hatten die ganze Nacht lang nicht geschlafen (sie waren am Vortag aber auch erst nachmittags um vier aufgestanden). Sie waren im Auto von Nigels Vater unterwegs auf der Suche nach Mädchen. (Nigel war der hinten in der Gepäckablage.) Sie hatten ihr zweites Jahr in Oxford hinter sich und wohnten bei Nigel zu Hause, mit dem Auto ungefähr zwanzig Minuten von den Allsops entfernt; Nigels Eltern waren in Frankreich. Nachdem sie im Morgengrauen abgesackt waren, auf den eckigen skandinavischen Sesseln im Wohnzimmer gedöst und beim Grateful-Dead-Hören die modischen Aschenbecher von Nigels Mutter mit Kippen gefüllt hatten, waren alle drei wieder in Schwung gekommen und laut planschend mehrere Längen in Nigels Pool geschwommen. Die Schönheit des Morgens kam ihnen wie ihre persönliche Entdeckung vor: Die Luft war so klar wie das Wasser, Vogelgezwitscher strich durch die echolose Luft, in verzwickten Mustern fiel ihnen die Sonne auf die Haut. Zur Krönung des Tages mussten Mädchen her, hatten sie beschlossen. Das war vor ein paar Stunden gewesen. Sie hatten eine Weile gebraucht, um in die Gänge zu kommen; und egal wo sie hinfuhren, nirgends waren Mädchen zu finden.

»Die tut's«, rief einer von ihnen, als sie Jane erblickten, laut genug, dass sie es hörte. Das war Paddy (dem Namen zum Trotz keineswegs ein Ire), der massige, intelligent wirkende Beifahrer; wie helles Glas blitzten seine Augen aus den Schlitzen, und sein fettiges Haar von der Farbe und Textur eines alten Seils hatte er hinter seine rosafarbenen Ohren geschoben. Er nahm Nigel den Joint ab und blinzelte durch den Rauch, während er Jane eher mit neutraler Strenge als mit Lüsternheit in Augenschein nahm.

»Wo sollen wir die Mädels denn hintun?«, witzelte Nigel nach einem Blick auf Jane. Er hatte keine Lust, seinen wenigen Platz mit jemandem zu teilen (und an Mädchen war er ohnehin nicht sehr interessiert). Paddy erklärte, sie müssten eine nach der anderen einsammeln.

Jane stand barfuß da, die Handflächen noch immer nach außen gedreht, als hätte sie sich selbst aufgegeben. Sie wirkte nicht unscheinbar in diesem Moment, doch das wusste sie nicht. Etwas normalerweise Verborgenes in ihr war zum Vorschein gekommen: ein rotbraunes Licht in ihrem Gesicht, die Sommersprossen wirkten wie die Tarnfarben eines Tiers, verdichteten sich um Lippen und Lider. Rötliche Glanzlichter gab es auch auf ihrem Haar, das sie mit verschiedenfarbigen elastischen Bändern zu zwei Büscheln zusammengebunden hatte. Da sie traurig war, wirkten ihre Augen mit den bleichen Wimpern ausdrucksvoll. In der Familie galt sie als pummelig, doch sie sah einfach nur weich und kuschelig aus. Ihre Kieferpartie war klar definiert, ihre blassen und vollen Lippen waren rissig und leicht geöffnet. Sie wirkte weder geziert noch eingebildet – und in diesem gesprenkelten Licht auch nicht wie ein Kind. Nichts davon entging den Jungs.

Jane kam gar nicht auf die Idee, das Auto könnte ihretwegen halten; sehnsüchtig sah sie es an und spielte mit dem samtigen Staub zwischen ihren Zehen. Daniel, der Fahrer, das erkannte Jane sogleich, sah von den dreien am besten aus; ja, er war so schön, dass es wehtat – seine Gesichtszüge waren verwischt und lebhaft zugleich, wie eine Tuscheskizze –, und Janes Herz vermochte sich nicht mehr von ihm zu lösen. Als er das Auto anhielt und sie nach ihrem Namen fragte, sagte sie es ihm. »Willst du eine Spritztour machen?«, fragte er freundlich.

Sie zögerte nur einen Moment lang.

»Nicht hinten«, sagte sie entschlossen. Nigel missfiel ihr schon auf den ersten Blick.

»Hier vorn zwischen uns«, sagte Paddy und rückte auf die Seite.

Und so stieg sie ein, die Flipflops in der Hand. Aus einer Laune heraus hatte sie sich an diesem Morgen gegen Shorts entschieden. Sie trug ein verwaschenes altes Kleid aus geblümter Baumwolle mit Bubikragen.

Unterwegs zu Nigels Haus war Jane an einem Ladendiebstahl beteiligt, der zum Glück nicht entdeckt oder zumindest nicht gemeldet wurde. Sie hatte noch nie etwas gestohlen; das wäre ihr nie in den Sinn gekommen. Doch jetzt war sie desorientiert: Auf der Fahrt hatte Paddy die elastischen Bänder von ihren Büscheln gezogen, sodass ihr Haar allen wild in die Gesichter flatterte. Die durch ihr Blickfeld peitschenden Strähnen wirkten halluzinierend und lenkten sie ab von ihrer viel größeren Verwunderung darüber, dass sie halb auf Paddys Knie saß und spürte, wie Daniel auf einer geraden Strecke, als er nicht schalten musste, einen Arm um sie legte. (Nigels Vater hatte sich für einen MGC mit manueller Gangschaltung entschieden.)

»Schon gut«, sagte Daniel. »Keine Angst. Wir sind nicht durch und durch schlimm.«

»Ich mag sie«, kommentierte Paddy. »Sie quatscht nicht zu viel.«

Das Seltsamste war, dass sie tatsächlich keine Angst hatte, obwohl ihr bewusst war, dass sie es sollte; besonders als die Jungs besprachen, dass sie den Ladenbesitzer in ein Gespräch verwickeln würden, damit Jane derweil Schnapsflaschen in ihren Segeltuchbeutel rausschmuggeln könnte. »Er bewahrt den Schnaps in einem kleinen Nebenraum auf«, sagte Daniel. »Du siehst nicht aus, als würdest du trinken, also wird dich niemand verdächtigen. Und falls doch, dann weinst du einfach und sagst, wir hätten dich gekidnappt und dazu gezwungen.«

Der Laden kam Jane nicht bekannt vor, obwohl er nur ein paar Meilen von ihrem Haus entfernt war: Ihre Mutter ließ die meisten Einkäufe liefern, und nie und nimmer hätte Mrs Allsop in einem so schlecht beleuchteten, muffig riechenden Laden eingekauft, in dessen Fenstern Werbeplakate für Zigaretten und für Tees miteinander konkurrierten und dessen Regale wahllos vollgestopft waren mit verblassten Konservendosen, chinesischen Souvenirs und Unmengen von Bonbongläsern. Auf dem Tresen kämpfte ein unverpackter orange panierter, fetter Schinken um Platz mit Packungen von Petersiliensoße und verbilligten zerbrochenen

Keksen. Ekel vor dem widerlichen Fleischgeruch des Schinkens befeuerte Janes unmögliche rasche Taten. In der dunklen Alkoholnische hinter einem Plastikstreifenvorhang wählte sie die Flaschen mit ihrem Tastsinn aus; sehen konnte sie kaum etwas, da ihre Augen vom Licht draußen noch geblendet waren. Ihr Herz klopfte so heftig wie ein absterbender Motor, doch ihre Hände griffen zielstrebig zu. Die Jungs bezahlten das geschnittene Brot, die Tomaten und die Büchse Thunfisch, die sie ausgewählt hatten, und verabschiedeten sich schnöselig vom Ladenbesitzer. Im Auto saß Jane wieder zwischen ihnen, die klirrende Beute auf ihrem Schoß.

»Die ist begabt«, sagte Paddy, nachdem sie ein Stück gefahren waren und er aus dem Brotsack einen verstaubten Mateus Rosé, Johnny Walker und mehrere Flaschen Barley Wine hervorgekramt hatte.

»Ein Naturtalent«, sagte Daniel.

»Jetzt haben wir sie in der Hand«, sagte Paddy. »Das ist Belastungsmaterial.«

In den hintersten Winkeln ihres Bewusstseins stöberte Jane nach dem schlechten Gewissen, das dort doch lauern musste: Der arme ehrliche Ladenbesitzer, der um seinen Lebensunterhalt kämpfen musste! Doch es war, als hätten sich diese Winkel in Wohlgefallen aufgelöst, als gäbe es nur eine milde unendliche Gegenwart von Sonnenschein und Fahrtwind, während der MGC durch die Gegend kurvte. Ihr Bewusstsein wurde – zumal sie in Sachen Körperkontakte vollkommen unerfahren war – geradezu überflutet vom Kontakt mit den warmen Körpern der Jungs; es störte sie nicht einmal sonderlich, dass Nigel, als er sich von seinem Sitz nach vorn beugte, demonstrativ sein Kinn auf ihre Schulter legte. Bis zu diesem Moment war ihr noch nie eingefallen, dass Männlichkeit – ein suspektes Reich des Andersseins mit tiefen Stimmen, Bartwuchs, Fachwissen und Badezimmergerüchen – je von so intimer Wichtigkeit sein könnte für sie; es kam ihr so unwahrscheinlich vor wie die Kollision zweier Planeten.

Jetzt begann sie unter der Oberfläche des Augenblicks heimlich – und geduldig, denn diese Entdeckungen ihrer selbst waren noch ganz neu – darauf zu warten, dass Daniels Hand beim Schalten ihren Oberschenkel streifen würde. Unter den blendenden Strähnen ihres Haars hervor warf sie lange verstohlene Blicke auf ihn und sog sich voll mit dem, was bei ihr diese köstlichen Sehnsuchtsgefühle bewirkte. Sein Kopf saß so ähnlich auf seinem schlanken Körper wie bei der Porträtbüste dieses Dichters (sie wusste nicht mehr, welcher es war) zu Hause auf dem Klavier, das niemand spielte. Sein dunkles Haar fiel in Locken wie bei der Skulptur des Dichters, und sein Gesicht hatte die gleichen scharfen, nach vorn strebenden Linien. Ein feines Grübchen, das sich neben seinem Mund bildete, wenn er seltenerweise kurz lächelte, war das fatale Tüpfelchen auf dem i. Jane fand, er sehe so gut aus wie ein Rock- oder Filmstar, vielmehr noch besser, denn während diese sich auf ihren Postern plump produzierten, hielt Daniel sich etwas zurück.

Nigel hatte an seinem Schlüsselring einen Flaschenöffner, und nach einer Diskussion mit Jane darüber, ob sie Alkohol trinke oder nicht, begannen sie mit dem Barley Wine. »Ich trinke nicht«, gab sie freimütig zu. »Aber ich könnte ja damit anfangen.« Besorgt sagte Daniel, sie sollten ihr nicht zu viel geben, nur ein Schlückchen nach dem anderen. Sie beobachteten ihr Gesicht, um zu sehen, ob es ihr schmeckte, und lachten begeistert, als offensichtlich wurde, dass dies nicht der Fall war, auch wenn sie tapfer auf dem Gegenteil beharrte (»Doch! Doch, es schmeckt mir ganz gut!«); sie amüsierten sich, als gäben sie einem Hundewelpen Bier.

Hätte das Haus von Nigels Eltern irgendwelche Ähnlichkeit mit Janes Haus gehabt, wäre sie beim Ankommen vielleicht von der Erinnerung aufgerüttelt worden; das Haus lag zwar wie ihres abgeschieden hinter Bäumen und hatte etwas verhohlen Privilegiertes an sich, war aber modern: lauter Rechtecke aus Glas und rohes rötliches Holz. Das erklärte Nigel irgendwie, fand Jane: seine eckige Unbeholfenheit und seinen blöden Blick, als blinzle er im Widerschein grellen Lichts. Daniel bremste theatralisch auf der Einfahrt, sie stiegen aus, trotteten vorn durch den Eingang und gleich hinten wieder hinaus, als seien die hellen Innenräume eine optische Täuschung; sie hielten einen nicht fest wie die düsteren, von Familiengeschichten erfüllten Interieurs, die Jane gewohnt war. Von der Terrasse hinten hatte man einen Ausblick auf den japanisch gestalteten Garten mit kunstvoll platzierten Quarzfelsen, Ginkgos und japanischem Ahorn. Einen Moment lang schienen die Jungs unschlüssig zu sein, was sie als Nächstes tun sollten; von ihrer Mutter hatte Jane abgeschaut, dass es an ihr war, betretenes Schweigen zu überspielen.

»Wie schade, dass ich meinen Anzug nicht mitgebracht habe«, sagte sie im Plauderton, während sie zum Swimmingpool blickte, den Nigel täglich von Zweigen, Blättern und toten Insekten befreien sollte, was er aber nicht tat.

»Was für einen Anzug, Ilse Bilse?«, sagte Nigel. »Arbeitest du an der Börse?«

Beim Anblick der Schweinerei im Haus war er gehässig geworden, hin- und hergerissen zwischen aufgesetzter Unbekümmertheit und Verantwortungsgefühl (wenn er an seine Mutter dachte); er spielte mit dem Gedanken, das Geschirr zu spülen, verschob ihn aber auf später.

»Meinen Badeanzug«, erklärte Jane.

Aus ihrer vertrauten Welt herausgelöst, schien es ihr leichter zu fallen, würdevoll aufzutreten, als bewegte sie sich in einer anderen, glatteren Haut. Vielleicht hatte auch der Barley Wine damit zu tun. Sie vermochte außerdem, die Motive und Beziehungen der anderen zu durchschauen – das Wissen von Erwachsenen schien man nicht allmählich, sondern schlagartig zu erlangen. Daniel, erkannte sie, hatte Macht über die anderen zwei, so wie er Macht über Jane hatte, allerdings nicht aufgrund irgendeiner bewussten Willensanstrengung. Sie verfolgten seine Bewegungen und Launen: Wenn er sich wohlfühlte, taten sie es auch. Dabei war er nicht etwa tyrannisch, bloß freundlich oder geistesabwesend; verlor er sich in Gedanken, dann warf man sich vor, nicht interessant genug zu sein. (Paddy, der sich ein Buch schnappte, gleich nachdem er sich auf die Terrasse gesetzt hatte, kümmerte das weniger als sie und Nigel. Weil Paddy intelligenter war, hatte er mehr Abstand und ein gewisses Maß an Ironie.) Jetzt schlug Daniel Sandwiches und Kaffee vor, als ginge es um einen Sommerlunch und nicht um den Ausklang einer durchgefeierten Nacht. Die Idee wirkte erlösend, sie stellten fest, dass sie einen Bärenhunger hatten.

Nigel durchstöberte den Kühlschrank nach Butter. Wäre Jane älter gewesen, hätte sie vielleicht die Gelegenheit genutzt, in der Küche ihre Weiblichkeit auszuspielen; doch das fiel ihr gar nicht ein. Daniel und Nigel machten Thunfisch-Mayonnaise-Sandwiches, und mit der Gelassenheit eines Menschen, der Anspruch auf etwas hat, wartete Jane ab, dass man ihr eines brachte.

Beim Essen fragten sie sie nach ihren Ansichten aus und stellten begeistert fest, dass sie an Gott glaubte und vorhatte, mit einundzwanzig konservativ zu wählen. (»Nicht bloß, weil meine Eltern das tun«, sagte sie mit Nachdruck. »Ich werde Zeitung lesen und mir meine eigene Meinung bilden.«) Sie saßen auf der Terrasse in den ausgefallenen Rattansesseln von Nigels Mutter: Janes war ein flacher Kegel mit gusseisernem Rahmen. Daniel saß mit gekreuzten Beinen neben ihr auf der Terrasse. Sie sagte, es sei nur gerecht, dass jeder täglich hart arbeite, und all jene, die ständig an England herumkritisierten, sollten mal woanders hingehen und schauen, ob es sich dort besser lebe, und sowieso sei sie gegen Tierquälerei. Während sie redete, spielte Daniel ständig an ihren Füßen herum, die vom Rand des Rattankegels hinabhingen: Mal kitzelte er sie mit der Samenkapsel eines Grashalms, mal zog er diesen zwischen ihren Zehen auf und ab, wo sie vom Riemen der Flipflops verhornt waren.

Jane wurde von einem Gefühl überrieselt, das eine Mischung aus Verzückung und Scham war: Scham, weil sie ihre Füße hässlich fand, prosaische platte Dinger, und dazu noch besonders breit. Daniels Füße (er war auch beim Autofahren und im Laden barfuß gewesen; der Ladenbesitzer hatte sie angestarrt) waren braun und von einer feinen Komplexität, hochgewölbt mit drahtigen Sehnen und gekräuselten dunklen Haaren auf jedem einzelnen Zeh.

»Denkst du, wir sind Faulpelze und Sozialschmarotzer?«, fragte Paddy Jane.

»Ich dachte, ihr seid vielleicht Studenten«, sagte sie schüchtern. »Ich habe eine Ahnung davon, weil mein Bruder nach Oxford will.«

Daniel sagte, über das Thema Oxford möchte er nicht reden. »Seine Karriere dort steht auf der Kippe zwischen Brillanz und Katastrophe«, erklärte Paddy an seiner Stelle. (Sein Tutor hatte Daniel gewarnt, er könnte zu den Abschlussprüfungen nicht zugelassen werden wegen gewisser Scharmützel mit den Drogenfahndern.) »Und er weiß nicht so recht, ob ihn das kümmert oder nicht.«

»Schwimmen wir«, schlug Daniel vor. »Es ist verfickt heiß.«

Jane errötete: Dieses Wort war derart verboten, dass sie kaum wusste, woher sie es kannte. Die

Mädchen in der Schule gebrauchten es nie. Das Wort war der dunkel dräuende Eingang zu einer Höhle voller ihr unbekannter Dinge.

»Ich habe aber keinen Anzug«, sagte sie.

»Ilse Bilse, keiner willse«, spottete Nigel.

»Schwimm doch nackt«, schlug Daniel vor. »Hier sieht dich keiner – außer uns, und wir mögen dich.«

Sie schaute ringsum alle an, um herauszufinden, ob das ein Witz sei, dann holte sie tief Luft, als würde sie sogleich ins Wasser springen wollen. Sie fühlte sich inspiriert (sie hatte zu ihrem Sandwich auch wieder ein Schlückchen Barley Wine getrunken) und zu allem fähig. Sie ließ sich aus dem Kegelstuhl rutschen und packte den Saum ihres Kleids, um es sich über den Kopf zu ziehen, während die Jungs zuschauten. (Das war so leicht, wie damals mit Robin zu spielen, dachte sie, im Garten mit dem Planschbecken.) Sie war sich ungehemmt ihres jungen Körpers unter dem Kleid bewusst mit dem Höschen und dem BH (die würde sie vielleicht anbehalten). Doch genau in diesem Augenblick tauchte zum Erstaunen aller ein anderes Mädchen aus dem Inneren des Hauses auf. Sie kam durch die Schiebetür, weihevoll ein Glas mit einem sprudelnden Getränk haltend, dessen Eiswürfel sie mit einem gebogenen Plastikhalm umrührte, während sie daran sog. Sie war schlank und hochmütig, mit einer langen schmalen Nase und einem leichten

Silberblick, und sie trug einen Sarong. Ihr kastanienbraunes Haar fiel in symmetrischen Wellen bis über die Hüften, als sei es zu einem Zopf geflochten gewesen und dann gelöst worden.

»Sie kann sich meinen alten Badeanzug borgen, wenn sie will«, sagte das Mädchen im Bewusstsein, männliche Pläne zu durchkreuzen, die unter ihrer Würde waren.

Nigel sprang auf von seinem Sessel, einem aufgehängten Rattankorb, der wild ins Schwingen geriet. »Fiona! Seit wann bist du hier? Wie bist du reingekommen? Und was um alles in der Welt trinkst du da?«

»Wodka«, sagte Fiona. »Und reingekommen bin ich, während ihr weg wart, weil du Idiot es nicht geschafft hast, hinter dir zuzuschließen. Du lieber Gott, Nigel, ich hätte auch ein Einbrecher sein können! Ich habe dann tief geschlafen, bis ihr hier einen solchen Lärm veranstaltet habt. Außerdem ist der Pool ein ekelhafter Morast – das zu verhindern, wäre deine Aufgabe gewesen, nicht? Hi, Daniel und Paddy. Und hi, Dingsbums. Mein Badeanzug ist in der Kommode in meinem Zimmer, wenn du willst.«

Fiona war Nigels jüngere Schwester, sie war achtzehn und eben allein aus Südfrankreich zurückgekommen auf dem Weg in die Schauspielschule. Sie machte es sich mit ihrem Drink unter einem orangefarbenen Schirm am anderen Ende der Terrasse bequem, als suchte sie Distanz zu ihrem Bruder und seinen Freunden. Doch dank ihrer neuen Intuition durchschaute Jane, dass Fiona sich dorthin setzte, weil sie dadurch die ganze Zeit in Daniels Blickfeld war, wenn sie gähnte, sich reckte, tat, als würde sie sich in der Sonne aalen, und dabei durch den Schlitz im Sarong ihre Beine zur Schau stellte.

In Fionas Badeanzug (der bei ihr sehr spack saß) schwamm Jane in dem kurzen Pool hin und her, kräftig kraulend, mit dem Gesicht im Wasser, dann hoch zum Ausatmen, wie sie es gelernt hatte, wobei der ganze Müll (ledrige nasse Blätter, ersoffene Schmetterlinge und Schnaken, ein leeres Zigarettenpäckchen) immer wieder gegen ihre Brüste, Lippen und Knie stieß. Keiner kam zu ihr in den Pool. Das hatte sie auch nicht anders erwartet. Sie hatte sofort akzeptiert, dass sie genau in dem Moment, da die Blicke aller Jungs auf sie gerichtet waren, von dem älteren, hübscheren, weltgewandteren Mädchen besiegt worden war. (Dennoch kriegte sie das Wort »verzagt« nicht aus dem Kopf, auf das sie in einem Gedicht in der Schule gestoßen war.) Sobald sie aus dem Wasser käme, würde sie Paddy bitten, sie zu einer Bushaltestelle zu fahren und ihr das Geld für die Heimfahrt zu leihen. Sie würde ihn nach seiner Adresse fragen, damit sie es ihm zurückzahlen könnte; von ihrem Taschengeld, denn nie sollten ihre Eltern erfahren, wo sie gewesen war.

Sie stemmte sich aus dem Pool und stand triefend da, traute sich nicht, um ein Frottiertuch zu bitten. Die anderen besprachen einen Ausflug zum Pub im nächsten Dorf. Jane war in ihrem Leben noch nie in einem Pub gewesen, aber sie war sich sicher, dass es irgendwo im Dorf eine Bushaltestelle geben würde.

»Los, gehen wir«, sagte Fiona ungeduldig. In einer halben Stunde würde das Pub bis zum Abend dichtmachen.

»Wir passen nicht alle ins Auto«, sagte Nigel besorgt.

»Doch, wenn wir uns festhalten. Das wird lustig. Komm schon, Paddy.«

Paddy stand gehorsam auf und steckte das Buch hinten in die Hosentasche. (Es war Hermann Hesses *Steppenwolf.*) Er machte sich auf die Suche nach Schuhen. Plötzlich bemerkte Fiona Jane. »O Gott, die hat ja immer noch diesen Badeanzug an. Kannst du nicht einfach dein Kleid drüberziehen?«

Noch immer triefend blickte Jane stumm an sich herunter.

Daniel lag nach wie vor ausgestreckt auf einem Liegestuhl. Er hatte Jane zugeschaut, wie sie mit regelmäßigen Zügen im Pool geschwommen war, sich selbstvergessen dem Rhythmus hingegeben und dabei nicht mehr darum gekümmert hatte, ob jemand ihr zusah oder nicht. Er hatte dabei den Eindruck gehabt, tief in ihre Gefühlswelt blicken zu können: schicksalsergeben, äußerst sensibel und für alles offen. Gleichzeitig war er sich bewusst, wie sehr Fiona darum bemüht war, seine Aufmerksamkeit auf sich zu ziehen: Zwischen ihnen war einmal etwas gewesen, das wiederzubeleben er sich hütete, damit sie sich ja nicht einbildete, irgendwelche Rechte auf ihn zu haben. Außerdem ging ihm ihr blasierter, herrischer Ton an diesem Nachmittag auf die Nerven. Ihre aufgesetzte Weltgewandtheit kam ihm kindisch vor, und der über dem Sarong hartnäckig immer wieder entblößte flache braune Bauch ließ ihn kalt.

»Geht ihr voraus«, sagte er. »Jane muss sich noch umziehen. Ich warte auf sie und komme dann mit ihr zu Fuß nach.«

Fiona konnte ihre säuerliche Enttäuschung nicht verhehlen, doch sie hatte zu laut zu viel Gewicht darauf gelegt, wie dringend sie ins Pub müsse, als dass sie jetzt einen Rückzieher hätte wagen können. Jane schaute besorgt zwischen den beiden hin und her. »Lass nur«, sagte sie, »du brauchst nicht auf mich zu warten.«

»Was hast du vor, Daniel?«, fragte Fiona mit einem ungnädigen Lachen.

Daniel hielt der Sonne wegen die Augen zugekniffen, während die anderen stritten und sich bereit machten; Jane ging hinein, um sich umzuziehen. Als er hörte, wie sich das Auto auf der Straße entfernte, folgte er ihr ins Haus, wobei ihn nach dem grellen Sonnenschein draußen der Flickenteppich aus Licht und Schatten zunächst etwas verwirrte. Er stand am Fuß der offenen Treppe und horchte, sein Atem bewegte die im Sonnenlicht tanzenden Stäubchen kaum. Das Haus war vollkommen still, als wäre es leer, doch er war sich des Mädchens bewusst, das irgendwo oben stand, ebenso still, und nach ihm horchte. Entsprechend vielsagend war der Moment, als Daniel den Fuß auf die unterste Treppenstufe setzte und, den Frieden störend, nach oben strebte.

Er fand Jane in Fionas Zimmer, wo sie ihr Kleid gelassen hatte; sie steckte immer noch in dem nassen Badeanzug, hatte aber schamhaft die Jalousie heruntergelassen, sodass er sie in einem rosa Dämmerlicht warten sah. (Sie hatte sich plötzlich davor gefürchtet, nackt zu sein, sollte er auf der Suche nach ihr auftauchen.) Als er sie küsste (der erste Kuss ihres Lebens), kam ihr sein Mund glühend heiß vor, da ihr eigener Mund vom Wasser und vor Angst ganz kalt war. Sie fühlte sich klamm von Kopf bis Fuß. Als Daniel sie aus dem nassen Badeanzug zu schälen versuchte, verschlang dieser sich zu einem gummiartigen eng anliegenden Knoten, weshalb sie krempelnd und zerrend mit anpacken musste. Nachdem sie ihn von sich geschleudert hatte, ließen sie ihn liegen, und seine Feuchtigkeit sickerte in Fionas roten Teppich.

Den feuchten Fleck auf ihrem Teppich entdeckte Fiona später, und sofort erriet sie (ihr hatte schon etwas geschwant), was für eine Geschichte dahintersteckte; ja einen entrüsteten Moment lang dachte sie sogar, sie hätten es auf ihrem Bett getan. Doch das war unberührt – na, immerhin. Daniel musste Jane in das Gästezimmer gebracht haben, wo er und Paddy schliefen. Doch jetzt war es später Nachmittag, und Jane rief von einer Telefonzelle im Dorf zu Hause an. (Nigel wollte nicht, dass das Telefon bei ihm daheim benutzt wurde, um zu verhindern, dass seine Eltern sich über die Telefonrechnung beschwerten.) Daniel wartete auf Jane, ohne mithören zu wollen, wie sie sich herausreden würde. Gegen die Telefonzelle gelehnt, rauchte er und blickte dabei hoch in den immer noch makellos blauen Himmel, der nun ein bisschen blasser zu werden begann. Während Jane mit ihrer Mutter sprach und ihr überzeugend klingende gewöhnliche Wörter entströmten, als wäre sie noch ihr altes Ich, presste ihr neues Ich die freie Hand flach gegen die dicke Glasscheibe, an deren andere Seite wundersamerweise Daniel in seinem blauen Hemd gelehnt war, ohne etwas von Janes Berührung zu ahnen. (Sie kannte mittlerweile Daniels langen, von Wirbeln gewellten Rücken in seiner braun gebrannten Nacktheit.) Noch lange danach vermochte der Geruch dieser alten roten Telefonzellen – nach Muff, Pilzen und einem Hauch von Urin – Janes Herz vor erotischer Erregung schneller schlagen zu lassen.

Die Stimme ihrer Mutter hörte sich gelassen an: Sie hätten sich schon gefragt, wo sie sein könnte.

»Ich sagte Daddy, du seist vermutlich irgendwo Tischtennis spielen gegangen.«

»Ich bin bei Alison«, sagte Jane, »Alison Lefanu. Die vom Jugendorchester, erinnerst du dich? Waldhorn. Darf ich bei ihr übernachten? Das mit der Zahnbürste und einem Pyjama ist kein Problem. Ihre Mutter sagt, ich kann was von ihnen haben.«

Mrs Allsop, die erfreulicherweise nicht ganz bei der Sache war, ließ Mrs Lefanu herzlich grüßen. »Wohnen die Lefanus nicht in Headley draußen? Bist du so weit zu Fuß gegangen?«

»Ich war auf dem Weg ins Dorf, da sind sie vorbeigefahren und haben mich mitgenommen.«

Jane dachte: Werde ich je wieder mein Zuhause sehen? Es kam ihr unwahrscheinlich vor.

»Benimm dich anständig«, sagte ihre Mutter. »Iss, was auf den Tisch kommt, auch wenn es Blumenkohl ist.«

Mittlerweile schwatzten alle draußen auf der Terrasse in einem Abendlicht, das zähflüssig wie Sirup war; Insektenschwärme ballten sich über dem japanischen Wasserspiel, Schwalben flitzten dicht über dem Boden dahin, irgendwo sang eine Amsel. Sie tranken den von Jane geklauten Wein und den Whisky; dann begannen die Jungs mit einer Nadel und kleinen Fläschchen Methamphetamin herumzumachen, die Paddy aus seinem Zimmer geholt hatte.

»Nicht hinschauen, das ist nichts für anständige Mädchen«, sagte Daniel zu Jane, die gehorsam die Augen schloss. Die männerbündlerische Art, wie die Jungs über dem Zeremoniell die Köpfe zusammensteckten – ihre Vertrautheit und Ernsthaftigkeit –, erschreckte Fiona und erboste sie noch mehr als der feuchte Fleck auf ihrem Teppich. Sie ging ins Haus und machte mit Getöse sauber: Sie spülte das Geschirr, schrubbte Herd und Küchenboden, riss die Fenster auf und ließ nach der Leerung der Aschenbecher den Deckel des Mülleimers scheppernd zufallen. Sie schüttelte die Tischsets aus und ließ sie über den Köpfen der Jungs auf der Terrasse wie Peitschen knallen. Im Lauf der Arbeit legte sich ihre Verbitterung, und ihre Stimmung änderte sich. Sie begann ihre Kraft zu genießen und den anderen gegenüber heitere Gelassenheit zu empfinden. Wenn die Freunde ihres Bruders sich zudröhnen wollten, konnte das ihr ja egal sein. Sie dachte an die Schauspielschule. Später wärmte sie Büchsensuppe auf und brachte Käse und Cracker für alle hinaus. Mittlerweile war es dunkel geworden, und das einzige Licht stammte von den Lampen, die sie im Haus angemacht hatte.

Daniel versuchte zu erklären, wie im hinduistischen Vedanta die Seele begriffen werde. Seine Ausführungen wurden gegliedert durch das Klacken des Shishi odoshi im Garten: Sowie das Bambusrohr voll Wasser war, kippte es, sich ergießend, nach vorn und schlug beim Zurückfallen geräuschvoll gegen einen Stein. Daniel versuchte darzulegen, dass der Ursprung der Seele in Ganzheit und Licht liege, doch bei ihrem Eintritt in die Welt werde sie durch Gewalt und Fäulnis beschmutzt. Die in einem Individuum gefangene Seele vergesse ihre Heimat und verzweifle; doch gehöre Verzweiflung nur zu den Illusionen, von denen man sich befreien müsse. Er meinte, Revolution sei eine Art Säuberung, die in einer immerwährenden Gegenwart ihre eigene Unsterblichkeit übertrage. Kunst müsse revolutionär sein, sonst sterbe sie mit der Zeit. Er hatte beim Reden das Gefühl, ungeheuer eloquent zu sein, doch tatsächlich war es inkohärentes Gewäsch.

Paddy, der so ungefähr verstand, was gemeint war, zitierte mit ironischem Unterton:

»Gehörte Melodien sind süß, doch ungehörte sü-
ßer.«

»Signor Keats, wenn ich mich nicht täusche«,
sagte Nigel.

»Oh, der Dichter«, sagte Jane. »Seine Büste steht
bei uns zu Hause auf dem Klavier.«

Sie saß im Schneidersitz auf einem Kissen zu Daniels Füßen, leicht an ihn gelehnt, als könnte sie die
Spannung erden, die seinen rechten Fuß auf seinem
linken Knie zittern ließ. Seine Intelligenz schien so
unermüdlich zu funktionieren wie eine Maschine.
Jane hatte sich ganz auf die Stimmen der Jungs ein-
geschwungen, die sich von Ernsthaftigkeit zu Spott
und zurück bewegten, allerdings nahm sie weniger
das Gesagte wahr als das, wodurch es angetrieben
wurde: Hochdruck und ein Gerangel darum, sich
zu produzieren. Sie sah, wie erfolglos Nigel mit den
beiden anderen wetteiferte und wie sehr er darunter
litt, da er sich nach Daniels Anerkennung sehnte.
Sie selbst wiederum war erfüllt von ihrem neuen
Wissen, nicht in Form von Gedanken, sondern
von überwältigenden Gefühlen. Was sie an diesem
Nachmittag in dem fremden Bett erlebt hatte, war
nicht sonderlich erfreulich gewesen: Im Vorfeld
hatte sie Lust verspürt, die sie beinahe ohnmächtig
werden und alles vergessen ließ, doch dann hatte
sie sich zu viele Sorgen gemacht wegen der unbe-
holfenen Angelegenheiten, die, wie sie (aus dem

Biologieunterricht) wusste, folgen würden. Beim Gedanken daran schwanden ihr vor Lust dennoch beinah die Sinne, und sie konnte kaum erwarten, dass Daniel sie erneut berühren würde.

Als sie aber zu Bett gingen, war Daniel plötzlich erschöpft: Mit gekrümmtem Rücken und in Unterhose kroch er zwischen die Laken, wandte sich von Jane ab zum Fenster und murmelte: »Pass auf mich auf.«

Und so hatte sie in der Stille der Nacht stundenlang treu Wache gehalten, als Hüterin des Geheimnisses ihres veränderten Lebens, und in dem schmalen Bett ihren Körper der gebieterischen Wölbung seines Rückens und seiner Beine angepasst. Doch dann konnte sie nicht mehr und schlief ihrerseits ein. Als sie am Morgen erwachte, war Daniel nicht mehr da. Als er nach einiger Zeit immer noch nicht aufgetaucht war, zog sie ihre Unterwäsche und ihr Kleid an und machte sich im Haus auf die Suche nach ihm. Unten roch sie Paddys Schweiß und sah auf dem Sofa im Wohnzimmer sein zerzaustes Haar aus dem Schlafsack lugen. Nigel machte draußen einen Höllenlärm mit der Schiebetür der Garage, wo er nach dem Netz für den Swimmingpool suchte. Jane ging wieder die Treppe hoch. Das Schlafzimmer von Nigels Eltern lag im ersten Stock, wo sie stand, auf der Vorderseite des Hauses. Die Tür war halb offen, und Jane glitt lautlos hinein.

Es war ein wunderschönes Zimmer, wie sie noch nie eines gesehen hatte, mit einem hellen Holzboden, weißen Wänden und cremefarbenen Schaffellen als Teppiche. Frisches Sonnenlicht, das durch die Fenster auf der ganzen Länge des Zimmers hereinfiel, wurde von den verspiegelten Türen der Einbauschränke reflektiert; die Gardinen aus durchsichtigem rohen Leinen waren überlang, sodass sie sich auf dem Boden bauschten. Ein Riesenbett schien aus nichts als weißen Laken, ohne Wolldecken, zu bestehen (Jane hatte noch nie eine Steppdecke gesehen). In dem Bett, dessen Decke sie von sich gestrampelt hatten, schliefen Daniel und Fiona nackt, die Gesichter voneinander abgewandt, die schlanken, gebräunten Beine ineinander verschlungen. Jane, die im Geschichtsunterricht von den Griechen gehört hatte, fand, es sehe aus wie eine klassische Szene: junge Krieger, gefallen im Kampf. Sie zog sich, ohne sie zu wecken, so still aus dem Zimmer zurück, wie sie es betreten hatte.

Ein sichtlich strapazierter Nigel war in Unterhose dabei, eine Zigarette zu rauchen und den Pool abzufischen, wobei er den Inhalt des Netzes neben sich auf einen nassen Haufen kippte. Er schaute zu, wie Jane sich an den Rand des Pools stellte und mit trockenen, heißen Augen hineinstarrte.

»Jetzt weißt du's«, sagte er.

Doch sie lehnte sein Angebot, in unerwiderter Liebe Schicksalskameraden zu sein, ab. Was sie erlebt hatte, hatte kein anderer erlebt. Sie fragte bloß, ob er sie nach Hause fahren würde; er sagte, er hole das Auto heraus, sobald er mit dem Pool fertig sei.

»Ich möchte jetzt gehen«, sagte sie knapp und klang dabei wie ihre Mutter, »wenn es dir nichts ausmacht.«

Unterwegs sprachen sie kaum, abgesehen von der Wegbeschreibung, um die Nigel sie bat, als sie sich ihrem Elternhaus näherten. Jane war so tief in Gedanken versunken, dass sie nicht auf den Weg achtete, weshalb sie hinterher keine Ahnung hatte, wo Nigels Haus war. Sie sah es nie wieder, auch keinen der Jungs (Fiona, vielleicht einmal, auf einer Party).

Er ließ sie unten an der Einfahrt aussteigen. Es war noch ziemlich früh am Morgen, erst neun. Jane blickte sich um, als hätte sie das Anwesen noch nie gesehen, als wäre es mysteriöser als alles, wo sie je gewesen war: der aufgewühlte Dreck am Straßenrand, die vermoosten alten Torpfosten, Amseln, die in den vertrockneten Blättern unter der Hecke raschelten, die harten hellgrünen Früchte des Milchorangenbaums, im Staub ihre unversehrten Fußspuren vom Vortag, der Jokarischläger dort, wo sie ihn fallen gelassen hatte.

Ihre Mutter schien nicht erstaunt, sie so früh schon zu sehen.

»Hast du es schön gehabt, Schatz?«

Jane sagte, es habe Spaß gemacht. Doch am selben Nachmittag hatte sie Magenschmerzen und litt an Blähungen (»Was genau hast du bei den Lefanus gegessen?«). Am nächsten Tag bekam sie ihre Periode früh und heftig – dies hätte sie erleichtern sollen, tat es aber nicht, da sie (dem Biologieunterricht zum Trotz) keine Sekunde lang daran gedacht hatte, dass sie schwanger sein könnte. Es gab auch einen Wetterumschwung. Deshalb sprach nichts dagegen, dass sie sich mit einer Wärmflasche unter ihre Daunendecke kuschelte, in ihren Chalet-School-Büchern schmökerte und ab und zu aufblickte zum Regen, der das Fenster hinabbrann. Ihre Mutter brachte ihr Tee mit zwei Zuckerstücken und Aspirin.

Jane erzählte nie jemandem, was ihr passiert war (nicht einmal Jahre später ihrem Freund, der danach ihr Mann wurde und sich darüber vermutlich Gedanken gemacht hatte). So richtig verarbeitete sie diese Erfahrung nie, vergaß sie aber auch nicht. Als Erwachsene übernahm sie die Tory-typische Missbilligung von Drogen, Jugendkriminalität und Sex unter Minderjährigen, ohne zu sehen, wie diese Einstellung sich in ihrem eigenen Fall ausgewirkt haben könnte. Sie fürchtete um ihre Töchter, wie das bei Müttern üblich ist, ohne diese Befürchtungen in Verbindung zu bringen mit dem, was ihr selbst passiert war. Ihre frühe Initiation blieb in einem abgekapselten Bereich ihrer Gedanken und schien keine Auswirkungen und Folgen zu haben.

Jane und ihr Mann ließen sich scheiden, als sie Mitte fünfzig waren, und ihre Freundinnen rieten ihr zu einer Therapie. Die Therapeutin war eine nette, intelligente Frau. (Tatsächlich ärgerte sie sich über Jane und deren schwerfälliges, geduldiges Leiden, ihre teuren Kleider, ihre Phantasielosigkeit, ihre mädchenhafte Art, sich das Seidenhalstuch über eine Schulter zu werfen. Doch natürlich war sie viel zu professionell, um sich das anmerken zu lassen.) Jane beschrieb, immer das Gefühl gehabt zu haben, auf der falschen Seite einer Abschrankung zu sein, die sie von dem richtigen Leben trenne, das sie eigentlich führen sollte.

»Wie ist es denn, dieses richtige Leben auf der anderen Seite?«

Stockend beschrieb Jane einen Sommertag an einem Swimmingpool. Ein langes, von Sonnenlicht durchflutetes Zimmer mit weißen Wänden und einem weißen Bett. Ein Lüftchen weht; lange weiße Gardinen bauschen sich träge auf einem hellen Holzboden. (Die Phantasien solcher Frauen, dachte die Therapeutin, haben mehr mit Inneneinrichtung als mit unterdrückten Gelüsten zu tun.)

Dann kam Jane jedoch in Fahrt, und ihre Erzählung wurde interessanter. »Ein Junge und ein Mädchen«, sagte sie, »schlafen nackt in dem Bett. Ich kuschle mich auf den Teppich am Boden neben sie. Der Junge dreht sich im Schlaf um, streckt den Arm aus, und seine Hand hängt auf den Boden. Ich glaube, er sucht die Kühle unter dem Bett. Ich bewege mich vorsichtig auf meinem Teppich, damit ich ihn nicht wecke. Ich bewege mich so, dass seine Hand mich berührt.«

So ist's besser, dachte die Therapeutin. Das ist immerhin etwas.

Was Daniel betrifft, nun, der studierte Jura nach seinem Abschluss in Literatur. Kurz nach der Universität kam er vom Alkohol und den Drogen weg. (Paddy nicht; er starb.) Daniel lebt heute in Genf mit seiner zweiten Frau, die er sehr liebt; gelegentlich, wenn seine anständigen Schweizer Freunde ihn langweilen und er sie schockieren möchte, erzählt er Geschichten aus seiner wilden Jugend. Sein Gebiet sind internationale Menschenrechte; er kämpft fürs Gute. Außerdem ist er ein guter Ehemann und Vater (sein Engagement hat auch mit der Wildheit seiner Vergangenheit zu tun). Selbstverständlich ist er ehrgeizig, und er mag Macht.

Er kann sich kaum erinnern an Nigel und Nigels Elternhaus in diesem Sommer und an Fiona (sie hatten danach ein paar Monate lang eine On-off-Beziehung). Doch an Jane erinnert er sich überhaupt nicht mehr. Selbst wenn er ihr durch ein Wunder begegnen und sie ihn erkennen und die ganze Geschichte erzählen würde (was ihr nie in den Sinn käme), würde ihm das nichts in Erinnerung rufen. Vergessen hat er es nicht nur wegen des Alkohols und der Drogen. Er hat auch zu viel Glück gehabt im Leben, zu viele Erfahrungen gemacht; ihm ist das Gespür abhanden gekommen, dank dem er den Geruch des Schinkens in dem Laden beschwören könnte, die Nässe des Badeanzugs, die kalte Haut des Mädchens und ihre Naivität, ihre vorbehaltlose Hingabe, und dann die Gardinen, die im Morgenlicht über den Boden gleiten. Das ist alles einfach weg.

Eheliche Liebe

Lottie kündigte an, sie werde heiraten.

Das geschah an einem Wochenende beim Frühstück im Haus ihrer Eltern. Die Küche befand sich im ersten Stock, von den Fenstern aus überblickte man den Garten. Im hohen, schmalen alten Haus herrschte gemütliche Unordnung, und es war schon so lange im Besitz der Familie, dass es sich an diese vollkommen angeschmiegt hatte. Der Sommermorgen war regnerisch, weshalb alle Lichter brannten, die Stimmung war verträumt und gemütlich, die Luft geschwängert mit den Düften von Toast und Kaffee.

»Wozu denn das?«, sagte Lotties Mutter Hattie und las weiter in ihrem Buch. Sie war Englischlehrerin, aber an Wochenenden las sie Kriminalromane. Dieser handelte von einem Detektiv in Venedig.

Lottie war neunzehn, sah aber eher aus, als wäre sie dreizehn oder vierzehn. Sie war kaum größer als einen Meter fünfzig, kompakt mit einem gewölbten Brustkorb; sie bestand darauf, dieselbe Brille mit dem dicken schwarzen Gestell zu tragen, für die sie sich vor Jahren entschieden hatte, und ihr Haar in der Farbe ausgebleichten Strohs trug sie in Rattenschwänzchen.

An jenem Wochenende waren zufälligerweise alle da, sogar Lotties älterer Bruder Rufus und ihre Schwester Em, die beide ausgezogen waren.

»Hast du also endlich einen Freund?«, fragte Em.

Lottie war immer blass, ihre Haut von milchiger Durchsichtigkeit unter einem Hauch von Sommersprossen auf ihrer Stupsnase, doch an diesem Morgen wirkte sie mit blauen Adern noch bleicher als sonst, die an ihren Schläfen hervortraten; ihre Hände hatten sich in das vor ihr liegende Tischset verkrampft. Sie sahen nicht wie die einer Violinistin aus: rosa Patschhändchen mit kurzen, plumpen Fingern und abgebissener Nagelhaut.

»Ihr nehmt mich nicht ernst!«, rief sie.

Ein Regenschauer prasselte gegen die angelaufenen Fensterscheiben, der Teekessel brodelte, aus dem Toaster sprang Toast für keinen bestimmten Empfänger. Alle sahen ungefähr in Lotties Richtung und hingen dabei eigenen Gedanken nach. Lottie platzte schier vor Intensität, als wäre ein Dämon in einen zu kleinen Raum gesperrt worden. Schon als Kleinkind war sie unnatürlich aufmerksam gewesen, mit einem Hang zu vorschnellen Urteilen. Als ihre violinistische Begabung entdeckt wurde, wirkte sie wie eine Erklärung für Lotties überschüssige Kraft oder ein Ventil dafür; ihr erstes Instrument war so winzig, dass es wie Christbaumschmuck aussah. Nun lebte sie noch bei ihren Eltern, während sie an der Universität Musik studierte.

»Warum um Himmels willen willst du heiraten?«, sagte Hattie in vernünftigem Ton. »Dad und ich haben nie das Bedürfnis dazu gehabt.«

»Ich bin nicht wie ihr«, sagte Lottie.

Das war einer ihrer Schlachtrufe.

»Natürlich bist du nicht wie sonst jemand, Liebling. Du bist du.«

»Zunächst einmal habe ich religiöse Überzeugungen. Ich glaube an die Ehe als heiliges Sakrament.«

»Ach was«, sagte Rufus. »So was hast du noch nie gesagt.«

»Und wann genau wirst du heiraten?«, fragte Em skeptisch. »Und wen?«

»Woher soll ich denn jetzt schon wissen, wann? Genau darüber wollte ich mit euch reden. Ich möchte ein Datum festlegen. Ich möchte, dass ihr alle dabei seid. Ich möchte eine Hochzeit, wie es sich gehört. Mit einem Kleid und allem Drum und Dran. Vielleicht sogar mit Brautjungfern.«

»Dann hast du also einen Freund!«, sagte Em.

Em war auf anmutige Weise schlaksig und hatte

die poetischen, schlupflidrigen Augen ihrer Mutter. Sie arbeitete in der toxikologischen Abteilung des städtischen Krankenhauses.

»Er ist mein Ehemann, mein zukünftiger.«

Besorgt legte Hattie ihr Buch hin und stellte die Kaffeetasse auf den Tisch. »Ach, Schätzchen, du bist noch so jung. Das mit dem Heiraten hat doch keine Eile. Natürlich kannst du mal eine Hochzeit haben, wie es sich gehört, wenn du das willst. Aber du musst doch nichts überstürzen.«

Missmutige weiße Grübchen in Lotties Wangen zeigten, dass sie die Zähne aufeinanderbiss. »Du vergisst, dass ich mittlerweile ein eigenes Leben habe, als Erwachsene, außerhalb dieses Hauses, und dass du davon keine, absolut keine Ahnung hast. Emily warnst du auch nicht davor, etwas zu überstürzen.«

»Na ja«, sagte Em, »ich habe auch nicht soeben verkündet, ich wolle heiraten.«

»Kennen wir ihn?«, fragte Hattie. »Ist es jemand aus der Uni?«

»Ist es der Stotterer aus deinem Streichquartett?«, fragte Noah, Lotties jüngerer Bruder, der noch zur Schule ging. »Tristan?«

»Wie kommst du darauf, ich würde Tristan heiraten?«

»Ich persönlich würde von jedem abraten, der in einem Streichquartett spielt«, sagte Rufus.

»Halt's Maul, Rufus. Es geht nicht um Tristan.«

»Wie heißt er denn?«, machte Noah hartnäckig weiter.

Duncan, der Vater der Kinder, kam von seinem morgendlichen Ritual mit dem *Guardian* im Badezimmer die Treppe herab. Er war kleiner als Hattie, gedrungen, klar konturiert und kompakt, mit einem runzligen, hässlichen, interessanten Kopf; sie war vage und matt, von allmählich verblühender Eleganz. Er unterrichtete Sonderschüler an einer Gesamtschule, allerdings nicht an derselben, an der Hattie unterrichtete. »Wie heißt wer?«

Nun flatterte in Hattie Unruhe auf. »Lottie, Liebling, bist du etwa schwanger?«

»Nicht zu glauben, diese Familie«, jammerte Lottie. »Eure Art zu denken ist entsetzlich.«

»Wenn du schwanger bist, kriegen wir das schon hin. Deswegen musst du nicht heiraten.«

»Sie ist schwanger?«, fragte Duncan.

»Ich? Natürlich nicht.«

»Sie sagt, sie heiratet.«

»Wozu denn das?«

»Und sie sei gläubig, aus heiterem Himmel.«

Das schien Rufus mehr zu stören als das Heiraten. Er war ein ironischer Pragmatiker; er arbeitete als Forschungsanalyst für das Cabinet Office.

»Der Grund ist«, sagte Lottie, »dass ich jemanden kennengelernt habe, der ganz anders ist als alle, die ich kenne, ganz anders als ihr. Er ist ein großer Mann. Er hat mein Leben berührt und es verwandelt. Ich habe Glück gehabt, dass er mich überhaupt bemerkt hat.«

Sie war fähig zu Vehemenz, einem gelegentlichen Aufblitzen ihrer Sicht, das so stark war, dass andere einen Augenblick lang die Welt aus ihrer Perspektive sahen.

»Wer ist es denn?«, fragte Em fast schüchtern.

»Das verrate ich euch nicht«, sagte Lottie. »Nicht nach all dem. Noch nicht.«

»Du sprichst von einem ›großen Mann‹«, überlegte ihr Vater, »das lässt mich vermuten, es ist keiner deiner Kommilitonen.«

Nachdem Hattie ihn eine halbe Sekunde lang angestarrt hatte, begriff sie. »Einer deiner Lehrer? Stimmt's?«

Hinter ihrer Brille blinzelnd, wandte Lottie ihr rundes, blasses Gesicht der Mutter zu, unsicher, doch trotzig.

»Weiß dieser Lehrer, was du für ihn empfindest?«

»Glaubst du allen Ernstes, ich bilde mir das nur ein? Ich hab's dir schon gesagt: Er liebt mich. Er wird mich heiraten.«

Duncan fragte, ob es Edgar Lennox sei. »Der ist ein High Anglican oder so was, nicht? Soweit ich weiß komponiert er religiöse Musik.«

»Na und?«, sagte Lottie herausfordernd. »Und wenn er's wäre?«

»O nein!« Hattie erhob sich von ihrem Stuhl, ihre Stimme klang untypisch kehlig, fast knurrend. »Das kommt nicht infrage. Edgar Lennox. Das ist nicht vorstellbar, in keiner Art, in keiner Weise, keiner Form.«

»Ich hasse diese Formulierung«, rief Lottie, die ebenfalls aufstand. »In keiner Art, in keiner Weise, keiner Form. Das ist so was von idiotisch. Typisch für dich. Das schiere Mittelmaß.«

»Versuchen wir doch, ruhig darüber zu reden«, sagte Duncan.

Edgar Lennox sei alt genug, um Lotties Großvater zu sein. Vierzig Jahre älter als sie, kreischte Hattie; wie sich später herausstellte, waren es eher fünfundvierzig. Dass er bereits verheiratet war, zum zweiten Mal, war vergleichsweise das kleinere Problem. Duncan und Hattie waren ihm zweimal begegnet: als sie mit Lottie beim Tag der offenen Tür der Universität waren und davor auf der Vernissage einer Freundin von Hattie. Damals war er Hattie wie der Inbegriff eines älteren Künstlers vorgekommen: hochgewachsen, sehr dünn, mit aufgerichtetem weißem Haarschopf, einem allem Anschein nach von Entbehrungen gemeißelten Gesicht, gebräunter lediger Haut, dazu ein anthrazitgraues Leinenhemd.

»Du sagst, er hat dein Leben berührt – ginge es

vielleicht ein bisschen genauer?«, sagte Duncan. »Hat er dich im eigentlichen, nicht transzendenten Sinn des Wortes berührt?«

Angewidert protestierte Em: »Dad, das darfst du sie nicht fragen!«

Em hatte geweint; ihre Lider waren geschwollen, ihr Gesicht fleckig. Hatties und Lotties Augen waren heiß und trocken.

Hattie wandte sich gegen ihn. »Wie kannst du das nur so formulieren? Wie kommst du dazu, so was für einen deiner flotten Sprüche zu missbrauchen?«

»Wenn du damit fragen willst«, sagte Lottie, »ob es zum Vollzug unserer Beziehung gekommen sei, dann lautet die Antwort: Ja klar. Was denn sonst. Wir lieben uns.«

»Ich reiche bei der Universität eine formelle Beschwerde ein«, sagte Hattie. »Das kostet ihn seine Stelle, keine Frage.«

»Und das ist bestimmt ausgesprochen sinnvoll«, sagte Em. »Denn wenn sie heiraten, kann er sie nicht unterstützen.«

»Seid ihr sicher, dass sie sich das alles nicht bloß aus den Fingern saugt?«, wandte Rufus ein.

»Glaubt, was ihr wollt«, sagte Lottie. »Ihr werdet's schon sehen.«

Sie saß da mit zugekniffenem Mund, tragisches Licht verströmend. Vor dem Küchenfenster trieben Regenschleier seitwärts in die triefenden Röcke der

Rosskastanie und verdunkelten deren rosa Blüten. Hattie sagte, das Ganze erinnere sie an ihre Zeit an der Kunsthochschule, als eine Freundin von ihr erfahren habe, ihre Schwester sei drauf und dran, in ein Kloster einzutreten, eine strenge Ordensgemeinschaft, die keinerlei Kontakt mit Verwandten oder Freunden erlaube.

»Wir haben uns alle in den Zug nach Leeds gestürzt, sechs oder sieben von uns, die damals eng befreundet waren, haben die Schwester in einem Teehaus getroffen und sie davon zu überzeugen versucht, sich nicht von dieser Welt zu verabschieden.«

»Mach dich nicht lächerlich, Mama, ich gehe nicht ins Kloster.«

»Hat es funktioniert?«, fragte Noah. »Habt ihr sie überzeugen können?«

Hattie runzelte die Stirn und presste die Knöchel dagegen. »Ich kann mich nicht erinnern, ob sie schließlich ins Kloster gegangen ist oder nicht. Vielleicht schon. Ich kann mich nur noch an das Teehaus erinnern und an ein Pub danach und wie wir versucht haben, all die Dinge zu beschwören, ohne die wir nicht leben könnten, und wie wir immer betrunkener wurden.«

»Das ist nicht das Gleiche«, stellte Duncan fest. »Und überhaupt, wir stehen noch nicht an diesem Punkt.«

Lottie blickte vollkommen verdutzt. »Ich versteh euch nicht«, sagte sie. »Wie kann es sein, dass ihr mir nicht wünscht, was ich mir wünsche?«

Spät am Abend sah Noah seine Eltern aus dem Haus gehen. Sein Zimmer war unter dem Dach, er saß auf dem Sims seines kleinen Flügelfensters, die Füße in der bleigefassten Regenrinne, die sich wie ein Trog am georgianischen Reihenhaus entlangzog, und blickte über die Steinbrüstung hinweg auf die vier Stockwerke weiter unten liegende Straße. Obwohl es streng verboten war, hatte er immer gern so dagesessen, seit er mit acht Jahren dieses Zimmer bekommen hatte; früher hatte er perfekt hineingepasst, jetzt musste er sich hindurchzwängen, und die angezogenen Knie erhoben sich vor seinem Gesicht. Regen rann über das Schieferdach in die Rinne. Im Licht der Straßenlampen glänzte der Asphalt schwarz; die geparkten Autos waren gepflastert mit nassen Blättern der Buchen und Rosskastanien im schlammigen Dreieck des gegenüberliegenden Parks. Die hochhackigen Schuhe seiner Mutter scharrten laut, als sie über die leere Straße zum Auto eilte: Für den Anlass hatte sie sich gekleidet, als ginge sie zum Unterricht. Sie klammerte sich an den Riemen ihrer Schultertasche. Unter den Halbkugeln ihrer Regenschirme bewegten Duncan und sie sich fahrig

um den Wagen herum, vermutlich stritten sie darüber, wer sich ans Steuer setzen solle; aus Noahs
Sicht wirkten sie klein wie Puppen. Er vermutete,
sie würden Edgar Lennox bei sich zu Hause erwi-
schen wollen; sie hatten den ganzen Tag vergeb-
lich versucht, ihn anzurufen. Eine merkwürdige
Vorstellung: Die beiden Familien, die sich bisher
kaum gekannt hatten, waren durch dieses Drama
plötzlich miteinander verbunden und hellwach in
einer Stadt, deren übrige Bewohner sich gerade
schlafen legten.

Stunden später – wie viele, wusste er nicht, da
er beim Büffeln für die Geographieprüfung am
kommenden Montag an seinem Schreibtisch einge-
schlafen war – wurde Noah durch die Stimme seiner Mutter geweckt. Sie klang, als hätte sie auf einer
Party zu viel Wein getrunken: ungestüm, laut und
maßlos selbstgerecht. Er ging hinaus, um zu lauschen, und stahl sich, über das Treppengeländer gelehnt, lautlos Stufe um Stufe hinab. Die steile, enge
Treppe, das Zentrum des schmalen Hauses, sog
Geräusche nach oben. Über Noah pladderte der
Regen auf ein leckes altes Oberlicht, das die ganze
Fläche des Treppenhauses einnahm, und tropfte in
einen strategisch platzierten Eimer. Seine Eltern,
Rufus und Em standen dicht gedrängt am Fuß der
Treppe im Durcheinander von Stiefeln, Fahrrädern,
Körben, Wurfsendungen und Regenschirmen, die

auf die grauen und weißen Fliesen tropften. Seine Mutter trug noch immer ihren rehbraunen Regenmantel.

»Ich hatte gedacht, er würde sich schämen«, sagte sie, »wenn ich ihm sage, dass Lottie ihn heiraten will, weil sie ihn für einen großen Mann halte. Doch es war offensichtlich, dass er sich auch für einen solchen hält.«

»Ist er denn einer?«, fragte Rufus.

»Mach keine Witze. Würde er sonst am zweitklassigen Musikinstitut einer Provinzuniversität unterrichten?«

»Hast du nicht mal gesagt, du findest dieses Institut ganz wunderbar?«

»Das war vor dieser Sache.«

»Er macht Auftragsarbeiten für Film und Fernsehen, wenn er welche bekommt«, sagte Duncan. »Immer anspruchsvoll und erhaben klingende Dinge. Und er komponiert für den Chor der Kathedrale. Doch auch wenn er groß wäre, würde das die Sache mit Lottie nicht besser machen.«

»Er sagte, er könne sich vorstellen, wie die Sache von unserer Warte aus aussehe, ›aus einer gewöhnlichen Perspektive‹, wie er sich ausdrückte.«

»Gewöhnlich? Wie kann er es wagen, uns so zu bezeichnen?«, tobte Em.

»Er sagte, der erotische Trieb sei eine schöpferische Kraft, der er sich ergeben müsse.«

»Iiiih! Wie widerlich!«

»Hattie, das ist nicht ganz das, was er gesagt hat.«

»Und wie war seine Frau? War sie da? Wie heißt sie?«

»Valerie. Er nennt sie Val. Sie war eiskalt. Sie sagte: ›Egal, was geschieht, das Haus behalte ich.‹ Als hätten wir es darauf abgesehen. Das Haus ist übrigens anders, als man erwarten würde, nicht irgendwie künstlerisch, sondern spießig und altmodisch. Ich würde sagen, seine Frau ist ungefähr in meinem Alter, aber sie hat sich gehen lassen: grauer Pferdeschwanz, kein Make-up und so ein unansehnlicher Rock mit elastischem Bund.«

»Sie war knallhart«, sagte Duncan. »An seiner Stelle hätte ich es mit der Angst bekommen.«

»Sie hat sich nie hingesetzt; sie stand da mit dem Rücken zur Wand, als würde sie etwas bewachen. Und sie sagte nur, Lottie werde es schon noch merken. Sie haben einen Sohn, ungefähr gleich alt wie Noah.«

»Hatte sie davon gewusst?«

»Noch nicht lange. Er hatte es ihr eben erst gesagt. Sie hatte geweint.«

»Wir sind da mitten hineingeplatzt. Wir waren das Nachbeben.«

»Wo ist Lottie überhaupt?«

»Wir müssen den Dingen freien Lauf lassen«, sagte Duncan. »Verhindern können wir nichts.«

»Kommt nicht infrage, Duncan! Und wenn die das durchziehen mit dieser verrückten Hochzeit?«

Er stieß einen tröstenden Seufzer aus. »Sie ist erwachsen. Sie ist neunzehn. Es gibt Schlimmeres.«

Noah drehte sich um und sah, dass Lottie in ihrem Nachthemd direkt hinter ihm auf der Treppe stand. Sie legte den Finger an die Lippen; die Augen hinter ihrer Brille waren schwarze Löcher. Sie wurde von Wellen heftigen Zitterns geschüttelt und musste sich am Geländer festhalten, wahrscheinlich weil sie zu viel von den Koffeintabletten geschluckt hatte, nach denen sie angeblich süchtig war; bestimmt aber auch, weil es sie gleichzeitig begeisterte und erschreckte, was für einen Aufruhr sie bei den Erwachsenen hatte anzetteln können. Noah spürte eine vertraute Verärgerung darüber, dass sie immer so übertrieb, vermischt mit dem Bedürfnis, sie zu beschützen. Er und Lottie waren sehr nah beieinander aufgewachsen, in ihren Mansardenzimmern, losgelöst vom Rest der Familie. Er wusste, wie leidenschaftlich Lottie in den Rollen aufgehen konnte, die sie sich erträumte. Aus dieser Nummer kommt sie nicht mehr raus, dachte er, jetzt kann sie nicht einfach aufhören.

Die Hochzeit fand in einem Standesamt statt mit anschließendem Segen in einer Kirche; Edgar bestand auf dem Gebetbuch aus der Zeit von Elizabeth I. und der King-James-Bibel. Er komponierte für den Anlass eine Vertonung von *Epithalamion*, Edmund Spensers Ode an seine Braut, und eine seiner Studentinnen sang sie beim Empfang in einem aus dem 16. Jahrhundert stammenden Herrenhaus mit einem berühmten Garten, das der Universität gehörte. Hattie weigerte sich, etwas mit all dem zu tun zu haben, und zog sich zu Hause mit einem ihrer Krimis zurück. Noah trank eine Menge und freundete sich mit Edgars Sohn Harold an, dem sein bleiches Haar ins Gesicht hing und der ein Chorstipendium für eine Kathedralenschule hatte; wurde er unvermutet angesprochen, zuckte er zusammen wie ein von einem Schuss getroffener Vogel.

Emily sagte, Lotties weißer Anzug sehe aus wie die Krankenschwesternuniform eines Kindes, man müsste nur noch ein rotes Kreuz aufnähen. Lottie trug Kontaktlinsen, ohne Brille sah sie fade hoffnungsschwanger aus. Eine hinter einem Ohr befestigte weiße Blume rutschte im Lauf des Nachmittags an ihrer Wange hinunter, bis sie gegen ihr Kinn baumelte. Lottie hielt sich mit untypischen kleinen Bewegungen in Edgars Nähe, berührte seine Hand mit ihren Fingerspitzen, ließ, während er sprach, ihre Stirn auf seinen Oberarm sinken, oder warf den Kopf in den Nacken, um ihrem Gatten ins Gesicht zu blicken.

»Das hält nicht lange«, versicherte Duncan seinen anderen Kindern.

Für Edgar sprach, wie verlegen er die Inspektion durch die Familie über sich ergehen ließ und wie sehr er sich bemühte, Lottie bei Laune zu halten, indem er Arm in Arm mit ihr seine Runden drehte und den sanften Promi spielte, distinguiert durch seine extreme Hagerkeit und den Anzug aus einer Art grober grauer Seide. In jeder Gruppe wäre er als feinsinnig, nachdenklich und gut informiert aufgefallen. Doch es waren einfach nicht genug Gäste da, um den Empfang zu einem Erfolg zu machen: Die Stimmung war gezwungen, und die Sonne kam nie hinter einer dicken fleckigen Wolkendecke hervor. Nachdem die Getränke ausgegangen waren und die Studenten sich verzogen hatten, schimmerte in den verbliebenen Grüppchen zu viel deprimierend weißes Haar, wie Schnee in Blumenbeeten. Duncan hörte jemanden *sotto voce* von dem Brautpaar als »Nelly Trent und ihr Großvater« sprechen.

Ungefähr eine Woche nach der Hochzeit rief Valerie Lottie an, um zu fragen, ob sie wisse, dass Edgar ein Jahr zuvor das Gleiche versucht habe mit der Studentin, die beim Empfang gesungen hatte, einer großen, schönen jungen Schwarzen mit guten Karriereaussichten. Die sei so schlau gewesen, ihm zu sagen, was er tun solle: »Sich verpissen«, sagte Valerie mit Gusto, als hätte sie das Wort noch nicht oft ausgesprochen. Alle wussten das, da Valerie auch Hattie angerufen hatte. Als Hattie bei Lottie nachfragte, hatte diese nur eine ihrer schrecklichen neuen Gesten gemacht: die Hände gefaltet, den Kopf gesenkt und mit einem versonnenen Lächeln in ihren Schoß geblickt. »Schon gut, Mum«, sagte sie. »Er erzählt mir alles. Wir haben keine Geheimnisse voreinander. Soraya ist eine außergewöhnliche, begabte junge Frau. Auch ich liebe sie.«

Hattie hasste, dass mittlerweile jede Meinung, die Lottie äußerte, von ihnen beiden zu stammen schien: Wir mögen dies, wir tun immer das, wir mögen jenes nicht. Sie mochten keine Supermärkte, sie mochten keine Hintergrundmusik in Restaurants, sie mochten keine Kostümdramen im Fernsehen. Laut Duncan vermochte die moderne Welt ihrer beider Erwartungen nicht zu genügen. Hattie sagte, sie bringe es noch nicht über sich, Edgar in ihr Haus zu lassen.

Die Universitätsleitung entschied, Lottie dürfe weiterstudieren, solange sie keine Lehrveranstaltungen von Edgar belege; aber natürlich feilte er weiter an ihrem Geigenspiel. Ihre frühere Energie schien sich jetzt nach innen zu wenden; Lottie war ganz auf das Versprechen ihrer Zukunft ausgerichtet. Sie wurde blasser denn je, trug ihr Haar offen und kaufte in Secondhandläden undefinierbare, seidig aussehende Kleider. Einmal sah Hattie sie unvermutet von hinten auf der Straße, und ihre Tochter kam ihr wie eine Fremde vor, ein gedrungenes kleines Kind, das sich zum Spaß verkleidet hatte. Edgar und Lottie hatten eine Wohnung in der Nähe von Hattie und Duncan gemietet: winzig, mit einer schrecklichen Küchenzeile und den Möbeln des Vermieters, doch erfüllt von Musik. Ungefähr die Hälfte von Edgars Lohn ging an Valerie zur Bezahlung seines Anteils der Hypothek und Harolds Schulgebühren, die nicht vollständig durch das Stipendium gedeckt wurden; er und Lottie waren ausgesprochen knapp bei Kasse, was sie aber trugen, als wäre es eine Auszeichnung für etwas ganz Besonderes.

»Gott weiß, was die essen«, sagte Hattie. »Lottie weiß noch nicht einmal, wie man ein Ei kocht. Edgar wahrscheinlich auch nicht. Der ist bestimmt sein Leben lang von Frauen betütert worden.«

Noah berichtete, sie hätten oft Take-away vom Chinesen.

Dann begann Lottie Kinder zu bekommen. Man hatte sich gerade erst abgefunden mit der Abwegigkeit von ihr und Edgar als Paar – hochgesinnt, humorlos und von geradezu erschütternder Weltfremdheit –, als plötzlich diese neue Richtung eingeschlagen wurde. In rascher Folge kamen drei winzige Mädchen zur Welt, und das Leben bei

Lottie und Edgar, das mit ans achtzehnte Jahrhundert gemahnender Unterwassergemächlichkeit dahingeflossen war, wurde schlagartig laut, bodenständig und chaotisch gegenwärtig. Schwanger schwoll Lottie an, als hätte sie einen Wasserball verschluckt; danach bekam sie ihre kompakte, klar umrissene Figur nicht mehr zurück – ebenso wenig wie ihre einstige verträumte Unterwürfigkeit. Sie wurde herrisch, hektisch und mürrisch; ihre Doktorarbeit gab sie auf. Sie schnitt sich mit der Schere selbst das Haar und trug fast immer ausgebeulte Trainingshosen und T-Shirts. Die winzige Wohnung verschwand unter Pampers-Packungen, Kinderbettchen, Spielzeug, Wäsche, Still-BHs und Stilleinlagen, einem Laufgitter, Büchern über Babys und Büchern für Babys. Der Mieter unter ihnen suchte angewidert das Weite, und so zogen sie um des zusätzlichen Zimmers willen nach unten. Sowie die Mädchen laufen lernten, zerstörten sie Edgars teure Musikanlage. Er musste ohnehin mehr und mehr Zeit in seinem Zimmer in der Universität verbringen: Aufträge abzulehnen konnte er sich nicht leisten. Emotional wurde Lottie nur noch, wenn sie über ihre Kinder sprach oder über Geld.

Die Mädchen wurden alle getauft, doch bei den Zeremonien war Lottie weniger verzückt als vielmehr am Kontrollieren: Waren alle gekommen, die es versprochen hatten? (Rufus hatte sich geweigert.) Hielt Noah die entscheidenden Momente mit seiner Videokamera fest? Warum war Harold so schlecht gelaunt? Mit dem Feuereifer einer frisch zum Praktischen Bekehrten plante sie ihre Tage und steuerte durch diese. Duncan lehrte sie, Auto zu fahren, und sie kaufte einen zerbeulten alten Ford Granada, schwerfällig wie ein Panzer, rüstete ihn mit Kindersitzen aus und karrte die Mädchen vom Kindergarten zum Schwimmunterricht, zu Geburtstagspartys und Babygymnastikkursen. Versuchte jemand, das Gespräch auf Kunst oder Musik zu lenken, wurde sie ungeduldig, es sei denn, es handelte sich um Kleinkinderballett. Unter der Oberfläche ihrer intoleranten Verachtung des Müßiggangs schien etwas zu brodeln, etwas nie Ausgedrücktes, das von ihrer aufgezehrten Jugend, ihrer außer Acht gelassenen Begabung herrührte.

»Schämen sollte sie sich«, sagte Hattie einmal. »Wir haben sie gewarnt. Doch stattdessen scheint sie wütend auf uns zu sein.«

Hattie hatte sich nach vorzeitigem Ruhestand gesehnt, doch dann entschied sie sich dagegen, da sie befürchtete, ihre leeren Tage würden einfach mit Enkelkindern gefüllt. Sie hatte das Gefühl, im Spiegel – wie Fäden, die sich tief in ihr Gesicht gruben – die Spuren der Anstrengung zu sehen, die die zusätzlichen unfreiwilligen Jahre des Unterrichtens hinterlassen hatten.

»Arme alte Lottie«, sagte Duncan.

»Lottie ist nicht alt. Armer Edgar.«

An Wochenenden fand Duncan manchmal beim Nachhausekommen Edgar vor, der sich an den Küchentisch geflüchtet hatte und Tee trank, während die Kinder mit Hattie Scones backten oder Collagen machten. Edgar kam mit ihnen gar nicht schlecht zurande, aber es konnte schon eine Dreiviertelstunde dauern, bis alle drei Mädchen in Mänteln, Handschuhen, Stiefeln und Kinderwagen zum Abmarsch bereit waren. Er neigte zu Akribie und Pedanterie. War Lottie dabei, drängte sie seine eleganten langen Finger schroff weg, um sich selbst der Reißverschlüsse und Knöpfe anzunehmen. »Lass mich ran«, schnauzte sie dann. Erfreulicherweise schien Edgar das Eindringen der Babys in sein Leben weder zu verärgern noch zu überfordern; er gab sich ihrer Anwesenheit vielmehr voll Verwunderung und Staunen hin. Er versetzte sich in sie hinein, bemerkte alles, was sie bemerkten, ließ sich auf ihr Geplapper und ihre Vermutungen in einem Maße ein, für das Lottie schlicht die Zeit fehlte. Sie liebten ihn über alles und klammerten sich an seine Beine, wenn Mama mal böse war. Seine Erscheinung aber hatte gelitten: Sein weißes Haar war schütterer geworden, wurde kürzer geschnitten und lag jetzt zahmer auf seinem Kopf. Gekleidet war er nun mit den gewöhnlichen, langweiligen Sachen, die sich in jedem Supermarkt fanden. Überrascht begriff Hattie, dass offenbar Valerie ihn gedrängt hatte zu den anthrazitgrauen Leinenhemden, den Seidenanzügen, zu seiner Stilisierung als außergewöhnlicher und distinguierter Mensch.

Als Emily zum ersten Mal schwanger wurde, war Lotties Jüngste neun Monate und Charis, ihre Älteste, fünf Jahre alt. Eines Abends lud Lottie ohne Vorwarnung Müllsäcke voll gebrauchter Babykleidung bei Emily ab. »Schmeiß sie weg, wenn du sie nicht willst«, sagte sie. »Ich brauch sie nicht mehr. Ich habe mich unterbinden lassen.«

Nach seinem Abschluss zog Noah nach London und arbeitete gelegentlich als Kameraassistent bei kleinen Filmprojekten. Wenn er nach Hause kam, schaute er immer bei Lottie vorbei, und sie fanden mühelos zu ihrer früheren Vertrautheit zurück. Sie verabreichte ihm, was immer sie für eine entsetzliche Pampe zum Tee gekocht hatte. Er war gut darin, seine Nichten herumzuschwingen und in die Luft zu werfen, all die raueren Spielformen, vor denen Edgar sich in Acht nehmen musste. Edgar war oft nicht da, und Noah nahm an, er arbeite in der Universität.

Eines Sommerabends lag Noah rücklings auf Lotties Wohnzimmerboden. Zwei bis zum Boden reichende Schiebefenster gingen von diesem Zimmer auf einen schmiedeeisernen Balkon hinaus. Lottie hatte Edgar beauftragt, Gitterstäbe anbringen zu lassen, damit die Mädchen nicht rauskonnten. Der warme Geruch einer Balsampappel vermischt mit Benzindämpfen drang von der Straße herein. Sie hatten die Flasche Wein getrunken, die Noah zur Teepampe mitgebracht hatte. Während sie die Mädchen badeten, kramte Lottie aus den Tiefen eines Schranks triumphierend eine klebrige Flasche Bacardi hervor, die noch halb voll war, da ihn niemand mochte. Den tranken sie jetzt, gemischt mit Sirup aus schwarzen Johannisbeeren, denn mehr war nicht da.

»Uns wird furchtbar schlecht werden, mit rosa Kotze«, prophezeite Lottie. Die Mädchen schliefen endlich. Während Noah ausgestreckt auf dem Rücken lag, kroch Lottie, grunzend vor Anstrengung, auf Händen und Füßen um ihn herum und räumte in bunte Plastikschachteln all die bunten Spielsachen, die auf dem Teppich verstreut lagen wie merkwürdiges Manna.

»Ich bin grau«, klagte sie. »Mein Leben ist so grau.«

»Wann kommt Edgar von der Arbeit zurück?«

»Red keinen Blödsinn, Noah. Ed ist im Ruhestand. Die Universität konnte ihn nicht ewig weiterbeschäftigen. Er wird dieses Jahr zweiundsiebzig. Was glaubst du, warum ich die ganze Zeit davon rede, wie wenig Geld wir haben?«

»Wo ist er dann?«

»Bei Valerie vermutlich.«

Erstaunt öffnete Noah die Augen und hob seinen Kopf, um sie anzusehen. »Oh!«

»Da ist er in der Regel.«

»Ist das okay?«

»Warum nicht? Schließlich haben wir all die Jahre die Hälfte der Hypothek bezahlt. Das ist wenigstens erledigt, Gott sei Dank. Es gibt dort ein Zimmer, in dem er arbeiten kann; hier ist das ja unmöglich. Außerdem haben wir keinen Platz für ein Klavier. Er komponiert immer noch gern am Klavier, bevor er alles auf den Computer packt.«

»Dann verstehen die sich also, er und Valerie?«

»Sie bringt ihm Kaffee und Sandwiches, wenn er arbeitet. Und sie zieht den Stecker des Telefons in der Diele, damit es ihn nicht stört. Er spielt ihr Sachen vor. Wenn er voll im Komponieren ist, vergisst er vermutlich, dass er nicht mehr dort wohnt, in dem stillen Haus.«

»Mum sagte, das Haus sei altmodisch.«

»Das ist es. Voller Antiquitäten von Valeries Mutter. Aber Valerie gibt damit nicht an. Valerie vermag überhaupt nicht anzugeben. Dazu ist die viel zu kompliziert. Sie soll eine begabte Cellistin sein, aber öffentlich auftreten kann sie nicht.«

»Mittlerweile hast du sie wohl kennengelernt.«

Lottie warf Bauklötze in Richtung einer Schachtel. »Nicht direkt von Angesicht zu Angesicht. Gelegentlich müssen wir miteinander reden, wegen Harolds finanzieller Unterstützung oder so.«

»Wird der immer noch finanziell unterstützt?«

»Seit unserem Gespräch nicht mehr, nein. Ich sag dir, in meiner Hochzeitsnacht ging es zu wie in Bartóks *Herzog Blaubarts Burg*. Hochzeitsnacht metaphorisch gesprochen, ich meine nicht die wirkliche. Hinter der ersten Tür die Folterkammer; hinter der zweiten Tür ein Tränensee und so weiter. Hinter der letzten Tür steckten seine anderen Ehefrauen, nicht etwa tot, sondern springlebendig. Na gut, die erste ist nicht besonders lebendig, aber ich weiß alles über sie.«

»Ich hatte vergessen, dass es eine erste gab.«

»Dänin, Schauspielerin, Probleme mit dem Vater, der sie missbrauchte, Trinkerin.«

»Redet er viel über sie?«

»Nicht wirklich. Aber sie gehören zu seinem Leben, Erinnerungen an sie kommen öfter mal hoch, wie du dir vorstellen kannst. Er hat ja so einiges hinter sich, was hochkommen kann. Vergiss nicht, dass Valerie die ist, mit der er damals durchgebrannt ist.«

»Daran habe ich noch nie gedacht.«

»Waren die Babys meine Rache? Der arme Ed, ich habe ihn fast umgebracht.«

Lottie legte sich auf den Boden mit dem Kopf zu Noahs Füßen und stützte ihr Glas auf den weichen Hügel ihres Bauchs, wodurch bei jedem ihrer Atemzüge das zähflüssige rote Getränk hin- und herschwappte.

»Weißt du, was ich letztens gemacht habe? Ich war so wütend – weshalb, weiß ich nicht mehr –, dass ich mit den Babys hinten im Auto zur Recyclingstelle gefahren bin, um meine Geige in die Mulde für Haushaltsabfälle zu schmeißen.«

Noah schnellte hoch. »Die Geige, die Mum und Dad dir gekauft haben? Hat die nicht Unmengen gekostet? Tausende?«

»Ich hab's dann doch nicht getan. Ich schaute in die Mulde, holte die Geige aus dem Kasten, um sie reinzuschmeißen – und packte sie dann wieder ein. Ich sagte mir unter anderem, ich könnte sie ja auch verkaufen. Außerdem fange ich vielleicht wieder an, wenn all das hier vorbei ist. Doch wahrscheinlich wird das nie geschehen, nie.«

»Taugt Edgar denn was?«, lallte Noah plötzlich aggressiv. »Ich meine, taugt seine Musik denn wirklich was?«

»Wie kannst du so was fragen, Noah? So was darfst du nicht fragen.«

Lotties Protest zum Trotz schien sie die Frage nur zu gut zu kennen, als hätte sie sich zu oft gegen diese verschlossene Tür geworfen. »Wie soll ich das beurteilen? Ich weiß es nicht. Ich finde ihn gut. Zurzeit schreibt er was für Streicher. Es wird auf einem Festival uraufgeführt. Etwas Neues, Andersartiges. Es könnte sehr schön sein.«

In diesem Augenblick hörten sie Edgars bedächtige Schritte auf der Treppe, seinen Schlüssel im Schloss der Wohnungstür.

»Er tut so, als sei das neue Stück für mich. Aber ich weiß, dass es darin nicht um mich geht.«

Edgar stand blinzelnd in der Tür und versuchte seine Augen ans Licht zu gewöhnen. Mit seinem kakifarbenen Regenmantel samt Kapuze und dem gebeugten Rücken wirkte er merkwürdigerweise wie ein abgehärteter, leicht verwunderter Forscher, der von einer Reise zurückkehrte. Noah versuchte sich vorzustellen, wie infantil er und Lottie für ihn aussehen mussten, auf dem Boden liegend zwischen dem Spielzeug und mit grellroten Drinks in den Gläsern, und wie uninteressant einem die Jugend manchmal vorkommen kann.

»Wir machen den Bacardi leer, Ed«, sagte Lottie, allzu sorgfältig artikulierend, »möchtest du auch was?«

Mittlerweile traten Edgars Augen hinter seinen vorspringenden Wangenknochen und den wuchernden Augenbrauen zurück; er wirkte nicht mehr so weltmännisch wie einst. Er sagte, er würde lieber etwas Warmes trinken. Vergesslich wartete er eine Weile, als würde Lottie aufspringen und es für ihn zubereiten. Als er sich berappelte und in die Küche ging, um es selbst zu tun, wirkte er kein bisschen vorwurfsvoll, bloß in sich gekehrt, als wären seine Gedanken woanders. Noah sah, wie gierig die daliegende Lottie die gewöhnliche Küchenmusik – das Crescendo des Teekessels, das Klirren von Geschirr, das Klappen von Schranktüren und das Klingeln des Löffels in einer Tasse – verfolgte, als könnte sie etwas heraushören, das für sie bestimmt sei.

Tessa Hadley

Tessa Hadley, 1956 in Bristol geboren, wechselt zwischen zwei Rollen hin und her: Ihr »soziales Ich« kümmert sich um ihren Ehemann, ihre drei Söhne und ebenso viele Enkelkinder, während ihr »schreibendes Ich« geduldig hinter den Kulissen warten muss, bis es wieder auftreten darf. Aber das eine gäbe es nicht ohne das andere: Auch in ihrem Schreiben beschäftigt sich Hadley, wie ihre großen Vorbilder Jane Austen und Jean Rhys, mit dem Familienleben und sozialen Beziehungen. Bevor sie sich dem Schreiben widmete, arbeitete Tessa Hadley kurze Zeit – sehr unglücklich – als Lehrerin. Mit Ende dreißig studierte sie Kreatives Schreiben in Bath (wo sie heute unterrichtet) und promovierte mit einer Arbeit über Henry James. Ihren ersten Roman veröffentlichte sie erst mit 46. Für ihre Romane und Kurzgeschichten erhielt sie zahlreiche Preise, 2009 wurde sie zum Fellow der Royal Society of Literature gewählt. Im Kampa Verlag erschienen die Romane *Zwei und zwei*, *Hin und zurück* sowie *Freie Liebe*.

KAMPA VERLAG

Tessa Hadley
Freie Liebe

Roman

Aus dem amerikanischen Englisch
von Christa Schuenke

Nur ein Kuss – und das Glück einer ganzen Familie gerät
ins Wanken, im London der Swinging Sixties.

Sommer 1967. Die Welt ist in Aufruhr. Doch die Fi-
schers neigen nicht dazu, aus der Reihe zu tanzen, ihr
Leben in einem Londoner Vorort ist grundsolide. Die
hübsche Phyllis kümmert sich um den Haushalt und die
zwei Kinder, den kleinen Hugh, ihren Goldjungen, und
die fünfzehnjährige Colette, während Gatte Roger im
Außenministerium Karriere macht. Doch als der kaum
zwanzigjährige Nicholas Knight in einer Sommernacht
mit Phyllis flirtet und sie schließlich leidenschaftlich küsst,
gerät alles durcheinander. Und Phillys trifft eine folgen-
reiche Entscheidung ...

»Ein betörend schöner Roman.«
Hilary Mantel

»Tessa Hadley holt alles ans Licht,
jede noch so verborgene Empfindung.«
Colm Tóibín

»Es gibt nur wenige Schriftsteller*innen,
die zuverlässig solche Freude machen.«
Zadie Smith